DERNIER CHANT.

PARIS. — IMPRIMERIE DE SAPIA,
rue du Doyenné, 12.

DERNIER CHANT

PAR

ACHILLE DU CLÉSIEUX.

PARIS

CHEZ SAPIA, LIBRAIRE-ÉDITEUR,
RUES DU DOYENNÉ 12, ET DE SÈVRES 16.

VATON, LIBRAIRE, | LEDOYEN, LIBRAIRE,
rue du Bac, 46. | Palais-Royal.

1841

M. Du Clésieux est un des poètes de notre âge sur les-
quels j'ai les yeux attachés avec une sorte de prédilection
bien facile à expliquer. C'est que sa voix fait partie d'un
concert qui sort d'une Thébaïde tout-à-fait étrangère aux
bruits du monde.

a

A côté de cette société si puissante sur la matière, sur le temps phénoménal qu'elle abrège, sur l'espace qu'elle fait disparaître, si passionnée pour des intérêts terrestres de fortune, d'aisance de la vie, de considération, il y a une société méditative qui aspire à des intérêts plus élevés, à une puissance plus réelle sur ses propres penchants, qui se ménage des loisirs pour la contemplation de la destinée humaine, pour des communications avec le Créateur, une société qui croit que notre séjour ici-bas n'est que l'image très-imparfaite de notre séjour espéré et promis dans une autre patrie, qui est la véritable, une société enfin qui trouverait ses affections les plus légitimes, ses sentiments les plus nobles bien insuffisants et bien courts, si Dieu n'y intervenait pas.

Cette société, persécutée dans les temps de la primitive Église et dans les temps des défaillances de la vertu, gouvernant toutes les idées au moyen-âge, triomphante aux grandes époques de l'histoire religieuse, cette société peu nombreuse en apparence, mais toujours forte par la nature même de ses désirs, de ses espérances, de ses convictions ; cette société qui sait produire d'irrécu-sables enseignements pour la direction même des affaires humaines, de vives lumières pour éclairer les profondeurs de la foi, n'a, en ce moment, qu'une poésie solitaire, pour exhaler les gémissements de l'exil.

Et cette poésie, qui retentit dans les âmes d'élite de temps en temps, laisse parvenir dans les autres quelques accents qui les étonnent.

Pourtant elle agit à l'insu des esprits les plus superbes, pour les dompter, pour les émerveiller. Ils résistent, mais ils sont ébranlés.

Toujours quelques hommes s'éveillent de leurs préoccupations de tous les jours, et se disent entre eux :

L'Évangile a raison ; l'homme ne vit pas seulement de pain.

Ils disent encore :

Les entrailles humaines ont donc des souffrances qui

ne sont ni celles du corps, ni celles des passions irritées ou assouvies !

Et cette poésie solitaire de Thébaïdes inconnues du monde, sort de plus en plus de son désert.

Elle aussi aime et admire la nature, mais elle l'aime et l'admire comme une expression finie de la puissance infinie et de la bonté infinie. Elle la chante comme la chantait saint François d'Assise.

Le pouvoir qu'il exerçait sur elle avant la chute, l'homme a le sentiment qu'il pourrait le reconquérir par l'amour.

Ainsi la poésie de M. Du Clésieux rappelle souvent celle de saint François d'Assise.

Les douleurs de l'exil et les joies de la patrie céleste y font perpétuellement entendre comme des refrains alternatifs.

Un autre caractère de la poésie de M. Du Clésieux est d'aller directement à l'âme, sans trop passer par l'imagination; elle est différente, en cela, de la musique, dont cette poésie, au reste, a toute l'harmonie rêveuse et idéale.

Elle est, de plus, miséricordieuse comme la charité.

J'avais le dessein de faire connaître le sens des trois livres dont se compose le volume ; mais il est parfaitement expliqué par le titre donné à chaque livre et par l'épigraphe ajoutée au titre comme un sceau du livre lui-même, dont elle est, pour ainsi dire, l'expression condensée.

Les trois épigraphes sont tirées de l'Imitation, ce livre qui contient toute la vie chrétienne idéale.

Oserai-je aborder ici une ressemblance déjà indiquée avec le poète de toutes les sympathies universelles, l'homme qui fut jugé digne de recevoir dans sa chair l'empreinte ineffaçable des douleurs de l'humanité ? Ceci dépasserait l'intelligence d'un siècle qui cherche le règne de l'homme et non le règne de Dieu.

Laissons cette poésie se révéler d'abord au petit nombre, dont je parlais tout-à-l'heure.

Toutefois je veux prévenir qu'il ne faut pas demander compte de certains accents, semblables à ceux de Job. La douleur ne peut entièrement étouffer sa voix au milieu des allègements de l'espérance, au milieu des certitudes accordées, dès cette vie, à un petit nombre d'âmes privilégiées.

Il ne faut pas non plus demander compte de l'exubérance de quelques pièces du troisième livre : on dirait la lutte de Jacob avec l'ange ; mais l'ange fut un trop terrible lutteur.

Jacob resta blessé.

BALLANCHE.

29 novembre 1841.

POÉSIES.

LIVRE PREMIER.

—

DIVINITÉ.

Alors mes entrailles tressailleront de joie lorsque
mon âme sera parfaitement unie à Dieu.

IMIT. liv. IV.

RÉVEIL.

Quelle image de paix vient planer sur mon âme !
Quel souffle rajeunit tous mes désirs fanés !
D'où me vient, ô mon Dieu ! cette nouvelle flamme
Qui ranime mes chants vainqueurs et couronnés ?
Que s'est-il donc passé dans mon cœur solitaire ?
Quel amour a tari les amours de la terre ?

Quel espoir immortel brise tout autre espoir ?

Quel ange de mon front lève le voile sombre ?

Quel arbre protecteur étend sur moi son ombre

      Et m'invite à m'asseoir ?

O mon Dieu ! c'est vers vous que mon âme s'élève ;

C'est vous qui tant de fois reçûtes sur ma grève

      Mes plaintes, mes soupirs ;

C'est vous seul qui comptiez mes pleurs mélancoliques,

C'est vous qui recevrez mes hymnes, mes cantiques,

      Et mes nouveaux désirs.

      Désirs pleins d'innocence,

      Hymnes saintes de paix,

      Amours bénis d'enfance

      Qui durent à jamais....

      Rêves de solitude

      Exempts d'inquiétude

      Et des soucis amers ;

      Flot d'espérance vive

      Qui, des fleurs de la rive,

      S'élance au sein des mers.

O douceur inconnue !
Tendre voix du désert,
Lorsque ma lyre émue
Veut saisir ton concert,
Je la sens qui soupire
Et qui semble me dire :
« Je n'ai plus nul accord ;
« Écoute, écoute encore.... »
Et j'entends plus sonore
L'écho d'un autre bord.

Et je prie et je pleure,
Car mon âme est sans voix ;
Et ma douce demeure,
Et mes rochers, mes bois,
Mes brises du rivage,
Mes bancs sous le feuillage,
Mes flots d'un bleu d'azur,
Tout parle et se parfume,
Tout dans mon cœur allume
Un encens vif et pur !

Et ma lyre s'étonne
De ses accords de paix,
Car longtemps sa couronne
S'ombragea de cyprès;
Longtemps la sombre plainte
Dans son deuil fut empreinte;
Et, sans autres flambeaux
Que des lueurs funèbres,
Son cri dans les ténèbres
Effraya les tombeaux.

Mais cette voix de l'âme,
Murmurant son ennui,
Dans un accent de flamme
Étincelle aujourd'hui;
Aujourd'hui l'espérance,
Comme un éclair, s'élance
En chants harmonieux;
Mon cœur qui surabonde,
Voudrait en lui le monde
Pour lui donner les cieux;

Pour bénir dans l'ivresse
Ce regard du Seigneur
Dont la douce tendresse
Vient consoler le cœur ;
Qui ranime la vie
Quand elle est assoupie ,
Et sourit à nos maux
Comme un rayon d'aurore
Qui dans l'âme colore
Ses rêves les plus beaux ;

Pour chercher dans la cendre
La lave des volcans ;
Pour faire au loin entendre
Le bruit des Océans ;
Pour sonder les abîmes ;
Pour allumer les cîmes
Comme encens du saint lieu ;
Pour jeter dans l'espace ,
Où toute voix s'efface ,
Votre grand nom , mon Dieu !

AMOUR.

O quiétude
De mon désert !
O solitude,
Divin concert !
Source de vie,
Soif assouvie,

Calme du cœur !
Douce espérance,
Sommeil, silence,
Dans le Seigneur !

O sainte lyre !
Chante toujours.
O mon délire !
Crois tous les jours.
Flots de prières,
Pleurs aux paupières,
Coulez en paix !
Parlez, ivresse,
L'amour me blesse
De tous ses traits !

Versez, ma flamme,
Votre trésor ;
Et vous, mon âme,
Parlez encor.
Dites au monde
Ce qui m'inonde :

AMOUR.

Fleuve d'amour,
Joie ineffable,
Soir délectable,
Après le jour.

Joyeux cantiques
Après les pleurs
Sous les portiques,
Et les douleurs;
Cris de victoire,
Hymnes de gloire
Hors du combat;
Divine étreinte
Dont l'âme est ceinte
Et qui l'abat.

Élans sublimes,
Vol éperdu
Aux vastes cîmes,
Redescendu
Dans les abîmes;
Toujours rendu

Où tout s'efface
Devant la face
De l'Éternel ;
Encens qui fume
Et se consume.
Bien qu'immortel.

Voix sans langage,
Foudre sans bruit ;
Bruit sans orage,
Éclair qui fuit
Dans une aurore,
Feu qui dévore
Le feu du ciel ;
Lueur horrible,
Poison terrible,
Rayon de miel.

Extases saintes,
Vagues soupirs,
Regards sans craintes
Et sans désirs.

Paisible attente
Que rien ne tente;
Pur abandon;
Larme sacrée,
Fleur préférée
Au plus beau don!

Et le silence
Qui parle encor,
Penche et balance
Ses aîles d'or;
Et ma feuillée,
Toute mouillée,
Sèche ses pleurs;
Mes fraîches mousses
Enflent plus douces
Leurs lits de fleurs.

La blanche vague
Roule à mes bords
Un son plus vague
En ses accords;

La grotte aimée
Ouvre embaumée
Son sein d'azur,
Et quelque chose
Prête à la rose
Un front plus pur.

O ma prière !
O mon bonheur !
Vive lumière,
Charme du cœur !
Brillez sans cesse,
Car mon ivresse
Souffre à son tour.
Mon âme est prise,
Et tout se brise
Au nom d'amour !

BONHEUR.

Quel bonheur de sentir son âme,
Comme un fier coursier sous la main,
Toujours de son regard de flamme
Dévorant d'un trait le chemin,
N'attendre qu'un signe du maître
Pour bondir, voler et connaître

L'abîme de l'immensité ;
Lancer sa crinière flottante,
Et la rapporter ondoyante
Des reflets de l'éternité !

Quel bonheur pour l'âme oppressée,
Vaste océan rongeant son bord,
De sentir soudain sa pensée
Qui s'élance avec un accord !
Quel bonheur de sentir sa vie,
Toujours pleine et toujours ravie,
Demander des jours et des jours,
Engloutir une joie immense,
Et laisser sa belle espérance
Sur sa tête planer toujours.

O mon Dieu ! j'ai peur de ma lyre,
De ce céleste talisman,
J'ai peur de mon propre délire,
Terrible comme l'Océan.
Je sens que son soufle me ronge,
Que sa main puissante me plonge

Dans un lac immense d'oubli ;
Qu'un soleil plus lointain m'inonde,
Que je ne jette sur le monde
Qu'un éclair de mon front pâli.

Et pourtant mon cœur sur la terre
Se berce en des vagues d'amour ;
Non ! non ! il n'est plus solitaire,
Un écho répond à son tour ;
Un pur ruisseau sous mon ombrage,
Une brise sur mon rivage,
Ont une voix douce à sa voix ;
Ma douleur immense est finie....
Je n'entends plus qu'une harmonie
Qui s'éteint flottante en mes bois.

Et je reviens avec ivresse
A tous les parfums de mes champs ;
Et ma voix, folle de tendresse,
Voudrait les fondre dans ses chants.
Je voudrais que chaque corolle
Eût aussi sa douce parole....

Chaque brin d'herbe son soupir,
Chaque rameau vert qui s'incline,
Un zéphir d'une autre colline
Qui l'empêchât de s'assoupir !

Je voudrais répandre à pleine âme
Des torrents d'amour, ô Seigneur !
Pénétrer tout de cette flamme
Qui n'a pas assez de mon cœur !
Je voudrais, après tant de larmes,
Montrer ces indicibles charmes,
Mon grand Dieu ! de la foi dans vous !
Dans votre éternelle espérance,
Dans ce soleil de paix qui lance
Déjà quelques rayons pour nous !

Oh ! quelle harmonie ineffable !
Quel suave concert d'amour !
Quel fleuve immense, intarissable,
Baigne chaque rive à son tour !
Quel beau lac abrité d'orage !
Quel beau rocher sur mon rivage !

Quelle grotte au calme amoureux !....
Mon Dieu ! pardonnez ma faiblesse !
J'ai blasphémé dans ma tristesse ;
Mais je souffrais !.... Je suis heureux !

Je suis heureux.... et mes cantiques
Pourront-ils jamais effacer
Ces accents froids, mélancoliques,
Que mon luth a laissé passer ?
Pourrai-je percer les ténèbres
Que mes chants plaintifs et funèbres
Ont fait grandir autour de moi ?
L'homme a-t-il vu mon espérance ?
A-t-il, dans cette nuit immense,
Aperçu le rayon de foi ?

Je ne sais si mon luth fidèle
Frappera son âme aujourd'hui ;
Si cette première étincelle
Annonça le soleil pour lui ?
Si les larmes de ma pensée
Étaient comme une onde versée

Sur ce sol inculte et désert ;
Si ma voix forte, redoutable,
Était le soc rude, indomptable,
Qui déchirait son sein ouvert ?

Oh ! qu'il vienne aujourd'hui, mon frère !
Qu'il vienne, l'affligé, vers moi !
Je partagerai sa misère,
Je lui donnerai de ma foi.
Si ma joie aujourd'hui le blesse,
Je retrouverai ma tristesse,
J'aurai des pleurs avec ses pleurs ;
Qu'il parle et pleure sans contrainte,
Je veux écouter chaque plainte,
Chaque récit de ses douleurs.

O mon Dieu ! votre Providence
M'a comblé de tant de bienfaits,
J'ai peur que cette dette immense
Ne puisse s'acquitter jamais.
Donnez, non des heures de charmes,
Mais donnez-moi de douces larmes,

Des chants, des paroles de feu;

Une âme toujours sans souillure

Pour verser sur toute blessure

Votre baume saint, ô mon Dieu!

PASSÉ.

Quand mon œil plein d'amour roule ses douces larmes,
Quand je sens de mon sein s'épancher mes soupirs ;
Quand tout est, sur la terre, un concert plein de charmes ;
Quand mon âme se berce en ses mille désirs,
Désirs non plus humains, projets non plus stériles,
Mais rêves embaumés d'un bonheur simple et pur :

Félicité de Dieu, flots de paix plus tranquilles
Que les flots assoupis dans l'Océan d'azur;
Je m'étonne.... et ne sais d'où plane ce mystère,
Car ces jours ne sont pas dans les jours de la terre,
Le soleil de l'exil n'a pas de tels rayons....
Serait-ce donc, Seigneur, un goût de la patrie?
Et mon âme, à la fin, par tant de pleurs flétrie,
Va-t-elle s'envoler aux saintes régions?...

Je ne puis, ô mon Dieu! m'expliquer et comprendre
Tant de joie en mon âme après tant de douleurs;
Mais je prie, ô mon Dieu! sans rien vouloir apprendre
De ces secrets du ciel recélés dans les pleurs;
Je m'éveille... et je chante un hymne avec l'aurore;
Le soir, avec le soir, je chante un hymne encore,
Ma voix mêle un accord à chaque accord du jour...
Tout mon être n'est plus qu'une suave lyre,
Un éternel écho qui dit dans son délire:
        Amour! Amour!

Oh! la vie est un bien, une mer de délices!
Venez, vous qui buvez le fiel de vos calices,

Fils aînés des douleurs ;

Venez, écoutez-moi, car je suis votre frère ;

Eh ! qui donc plus que moi trouva la vie amère,

  Et s'abreuva de pleurs ?

Quel regard a jeté de plus sinistres flammes ?

Quel esquif dans les flots a brisé plus de rames ?

  Quel cœur plus de désirs ?

Quel souffle des tombeaux remua plus de cendre ?

Quel homme épouvanté vit plus souvent descendre

  La mort dans ses plaisirs ?

Et j'osai blasphêmer ce soleil qui m'éclaire !

Mon âme haletante à peine pouvait taire

  Un cri de désespoir ;

J'écrasais dans mon sein ce serpent qui dévore ;

Mais le monstre, toujours, à l'heure où tout adore,

  Me rongeait chaque soir.

Et pâle en mon printemps je penchais vers la tombe,

Et je disais à Dieu : Faites que je succombe,

Mon Dieu ! je veux mourir ;
Je ne suis plus ici qu'une plante stérile,
Je n'ai plus de parfums, ma sève est inutile,
    Laissez-la se tarir.

Et l'on offrait en vain du baume à ma blessure ;
Tout bienfait d'ici-bas ne m'était qu'une injure,
    Toute voix douce un mal ;
Je souffrais de ces soins dictés par la tendresse.
A ce seul mot : Amour ! s'irritait ma tristesse
    Comme au feu le métal.

Et voilà que mon front soudain s'éveille et change...
Je sens, je ne sais d'où, comme la main d'un ange
    Qui pose un rayon pur ;
Le voile se déchire et laisse un jour immense ;
Ma blanche aile frémit, et d'un seul coup s'élance
    Dans l'Océan d'azur !

LE ROCHER.

Voilà le noir rocher où je m'asseyais seul ;
Voici le banc de sable où, blanc comme un linceul,
  Le flot s'étendait en silence.
Voici dans la falaise, où j'entendais un cri,

Le coin de terre jaune où mon cœur à l'abri
    Évoquait sa sombre espérance. -

Voici la lune pâle à la même heure aux cieux ;
Voici les mêmes soirs où mon front soucieux
    Allait rêver sur le rivage ;
Et je prête l'oreille au murmure des flots....
Je n'entends plus auprès de pleurs ni de sanglots,
    Je n'entends plus les voix d'orage.

Eh bien ! quel souffle tiède effleure mes cheveux ?
Quel charme inattendu rend mon cœur amoureux
    De tous les parfums de ma rive ?
Ne reconnaît-on plus l'exilé dans ses pleurs ?
Mais je suis pâle encor du froid de mes douleurs,
    Ma joie est tremblante et plaintive.

Et je m'assieds pourtant le front dans les deux mains,
Et j'adore, ô mon Dieu ! ces secrets surhumains
    Qui se voilent à l'œil de l'âme ;
Et je plonge, éperdu, dans le nom du Seigneur,

Et je n'écoute plus que la voix de mon cœur
    Et le murmure de la lame.

Et l'Océan répond dans son langage sourd,
Et la mouette abat son vol plus rare et lourd
    Sur le pic d'une roche blanche,
Et j'entends comme un cri d'amour sur un récif....
Et je voudrais soudain sentir dans mon esquif
    La voile ronde qui le penche.

Et j'aime d'un amour qu'on ne peut concevoir,
Et nul bruit d'ici-bas ne me peut émouvoir ;
    Je cingle vers une autre terre...
Si l'aurore surprend mon songe inachevé,
Je ne puis croire encor que mon âme ait rêvé...
    Que je sois resté solitaire !...

Oh ! c'est qu'un ange aussi sous son aîle m'endort !
Qu'il me porte en ses bras, me pose sur un bord
    Où le gravier n'est plus à craindre,
Où se berce en flots purs un océan de paix,

Où le front n'a plus peur de voir tomber jamais
      L'auréole qui doit le ceindre.

Et la prière est tout pour mon cœur consolé ;
La prière élevait mon regard désolé...
      Oh ! la prière est un cantique ;
C'est le cri le plus fort des cris de la douleur ;
C'est l'accent le plus doux des accents du bonheur.
      Mon Dieu ! c'est notre voix unique.

BÉNÉDICTION.

Je suis la fleur des champs et le lis des vallées...
Bien longtemps, sous la nuit, mes feuilles désolées
    Cachèrent leur trésor...
Ma corolle, tremblante à la plus faible haleine,

Bien longtemps au désert laissa tomber à peine
    Quelques grains de son or !

Je recueillais des pleurs dans mon amer calice ;
Chaque soir emportait un nouveau sacrifice
    De parfums et d'espoir,
Le ciel pâle abaissait des nuages plus sombres,
Et je disais, penchant ma tête dans les ombres,
    Je te salue, ô soir !

Je redirai longtemps, d'une voix monotone,
Tous mes désirs fanés comme des jours d'automne,
    Maintenant jours si pleins.
J'agiterai la mer au souffle de mon âme,
Je ferai dire encor des accents à la lame
    Moins forts, mais plus sereins.

Je saurai bien frapper de mon pied cette grève ;
Faire soudain surgir cette voix qui soulève
    Mille échos à l'entour ;
Sourire à tous ces pleurs qui ruissellent encore,

Et m'élancer d'un trait sur l'aile de l'aurore,
    Chantant mon chant d'amour.

Et je dirai : Mon Dieu ! je vous bénis ; ma vie
    Est tout entière à vous ;
    Vous l'avez assouvie.
    Elle était à genoux,
    Suppliante avec larmes,
    Elle n'a plus d'alarmes,
Souffrante, elle a tari la source du malheur.
Oh ! versez donc toujours un cantique à ma lyre,
Donnez-moi des transports, donnez-moi du délire,
Des éclairs sur mon front et des voix dans mon cœur !

    Pure espérance
    Brillez toujours ;
    Douce innocence,
    Soyez le cours
    Où ma tristesse,
    Où ma faiblesse,
    Trouvent en Dieu,
    Loin de ce monde,

La paix profonde,
Paix du saint lieu.

O larme sainte,
Flot du Seigneur,
Mon âme est ceinte
Du bras vainqueur.
Elle repose,
Rien ne s'oppose
A son sommeil,
Et son bon ange
Pour elle arrange
Un doux réveil.

LES ROGATIONS A LA CHAPELLE.

Seigneur, voici l'aurore ;
Les chants harmonieux
De l'oiseau qui t'adore,
Du cœur qui sait les cieux.
Les cieux... la joie immense,
La plus belle espérance,

L'amour et le bonheur.
Oh ! que toujours notre âme
S'élève avec la flamme
Qui monte à toi, Seigneur !

Cette foule fidelle
Qui vient à la chapelle
Bénir pour tes bienfaits,
Nous apporte sans doute
Avec elle une goutte
De ta profonde paix ;
Ah ! que toujours paisible
Notre âme inaccessible
Aux tempêtes du cœur,
Aimant ta Providence,
Se pare d'innocence
Pour te plaire, ô Seigneur !

Beau chèvre-feuille rose,
Ma main pieuse n'ose
Vous cueillir aujourd'hui.
Votre parfum encense

Le Dieu dont la présence
Vous laisse encor béni;
Mais nous, simples de l'âme,
Qui cherchons un dictame
Dans vos trésors si doux,
Versez-nous ce qui reste
De ce parfum céleste
Qu'on respire à genoux.

O Marie! ô ma mère
Dont l'image si chère
Brille au milieu des fleurs;
Qu'un regard de tendresse
Sur notre âme s'abaisse
Pour l'inonder de pleurs!
Pleurs qui sont la rosée
De la terre épuisée,
Du cœur qui sut souffrir;
Baume à toute blessure
Dont la puissance épure
La crainte et le désir.

Alors tout est cantiques,
Les chants mélancoliques
Sont des échos lointains ;
La tristesse et les larmes,
Le trouble et les alarmes,
Sont des fantômes vains ;
Toute joie est sacrée,
Toute fleur savourée,
Tout amour vérité...
Dieu parfume la vie
Et notre âme est ravie
De sainte volupté !

MERCI.

Quel bonheur de sentir son âme
Se fondre en sublimes concerts!
De lancer ses ailes de flamme
Par-delà l'immense univers!
Quel bonheur, quand le cœur oppresse,
D'avoir un beau luth qui s'empresse

De prêter ses divins accords ;
De donner une voix profonde
Et de la jeter sur le monde
Qui bat des mains à vos transports !

Merci de votre Providence,
Mon Dieu ! merci de vos bienfaits !
Vous m'avez brisé de souffrance,
Mais dans la souffrance est la paix.
J'ai pleuré huit ans solitaire,
Huit ans j'ai porté sur la terre
Mes inconsolables douleurs...
On cherchait en vain à comprendre
Ce que vous seul deviez m'apprendre :
L'amour fécondé par les pleurs.

Merci, mon Dieu ! merci des larmes
Qui m'ont abattu si longtemps ;
Merci de ces vaines alarmes
Qui ternirent mes plus beaux ans ;
Merci des terreurs de mes rêves,
Du froid subit qui sur mes grèves

Me saisit dans les soirs d'été;
Merci de ces bruits de tempête
Qui retentirent sur ma tête
Comme un écho d'éternité!

J'aime à voir ma mélancolie,
Pâle sous ses voiles de deuil,
S'asseoir pensive et recueillie
Le front penché sur un cercueil!
J'aime à m'approcher d'elle encore,
Comme un premier rayon d'aurore
Qui se glisse au sein de la nuit;
J'aime à lui dire ma pensée:
Que mon amertume est passée,
Que le rayon de paix me luit.

J'aime à courir sur les montagnes
Comme un enfant dès le matin;
A redire aux fleurs, mes compagnes,
Aux abeilles d'or sur le thym,
Au lis entr'ouvrant sa corolle :
Que mon front a son auréole,

Mon cœur aussi ses doux parfums ;
Que j'ai ma place en la nature,
Et qu'une splendide parure
Rayonne sur mes cheveux bruns !

J'aime aux vagues de mon rivage
A dire aussi tous mes secrets ;
A sourire aux coups de l'orage
Qui froissaient mes sens inquiets.
J'aime, à ses plus rudes secousses,
M'apprêter un lit sur les mousses,
Le regard errant dans l'azur...
Quand des éclats se font entendre,
Je cherche l'écho le plus tendre,
Le petit ruisseau le plus pur.

C'est que mon âme, en sa tristesse,
Roulait un océan d'horreur ;
C'est que, vaincue en sa détresse,
Elle s'abreuvait de terreur.
La tombe et ses ombres livides
Réjouissaient ses regards vides

Comme l'abîme du néant...
Tout s'était éteint sur la terre,
Et, de plus en plus solitaire,
Je passais comme un spectre errant.

Mais aujourd'hui mon espérance
A triomphé de mes douleurs;
Aujourd'hui mon âme s'élance
Comme un soleil d'or sur les fleurs.
Au lieu de cris d'inquiétude,
Tout chante dans ma solitude,
Tout redit mon hymne d'amour :
Mes bois, mes rochers et mes vagues
Dans leurs voix si douces, si vagues,
Parlent à mon cœur à leur tour.

Et moi j'entonne mon cantique,
Seigneur, je chante plus haut qu'eux,
Car j'ai la harpe prophétique,
Car je sens que je suis heureux.
Ils vont roulant des voix sans âme...
Et moi je sens l'ardente flamme,

Étincelle d'un feu divin ;
Ils seront réduits en poussière,
Et ma voix, à moi tout entière,
Chantera son hymne sans fin !

LA CLOCHE.

J'aime bien ma cloche le soir
Quand, distrait, je m'oublie à voir
Le flot qui roule à mon rivage ;
Mon rêve est alors plus pieux,
Et ce léger son me dit mieux
Que l'espérance est mon partage.

Je prie avec plus de ferveur,
Car la prière est la faveur
Que le Seigneur ici m'accorde;
Il me ramène par la main,
Et je sais que j'aurai demain
La voix qui de mon cœur déborde.

Doux emploi que celui d'aimer,
De bénir et de parfumer
Ce qu'autour de soi l'on arrange :
Son jardin, ses livres, ses fleurs,
Et bientôt de sentir ses pleurs
Essuyés par la main d'un ange !

Oh ! j'aime bien !... l'amour est doux.
L'amour qui n'est pas de la terre,
L'amour qu'on appelle à genoux
Et qui vous répond solitaire !

Dans le monde ils ne savent pas
Tout ce qui se dit dans une âme,
Ils sont si loin du jour, hélas !
S'ils avaient un rayon de flamme !

S'ils savaient tout... si mes secrets

Ne craignaient pas d'être indiscrets,

Je dirais : « Écoutez, silence !...

« Entendez-vous dans le désert

« La voix qui parle en mon concert,

« L'âme immortelle qui s'élance ? »

Je leur dirais : J'ai bien pleuré,

Voyez mon sein tout déchiré

Et la pâleur de mon visage ;

Je passais pour un des heureux ;

On me voyait insoucieux,

Riche et tout fier de mon jeune âge.

J'ai bien pleuré, pourtant, et croyez-en mon cœur,

Au milieu de mes nuits plus d'un songe d'horreur

M'effleura de ses ailes froides ;

Je me levai souvent dans un soudain transport,

Et, dans mon lit couché, l'on m'eût pris pour un mort,

Tant tous mes membres étaient roides.

PAIX.

Quelle douceur dans la prière !
Quelle quiétude en son cœur,
Lorsqu'au matin notre paupière
S'ouvre à votre paix, ô Seigneur !
Lorsque notre âme recueillie
S'élève vers les cieux, remplie

De ses premiers parfums d'amour,
Et qu'avec l'aube qui s'avance,
Elle offre sa voix au silence
Et sa flamme aux rayons du jour !

Quelle délicieuse extase,
Quand l'aurore aux ailes de feu
Jette à l'horizon qui s'embrase
Un seul de vos reflets, mon Dieu !
Quand le sombre Océan s'éveille ;
Quand les vents sifflent à l'oreille
Un nom qui s'éteint dans les airs,
Mais qui, redit dans la tempête,
Fait soudain redresser la tête
A de mystérieux concerts !

Quel calme dans la solitude,
Lorsqu'apaisée à ses accords,
De sa sainte béatitude
L'âme est prête à toucher les bords !
Lorsqu'on ne veut plus dans la vie
Qu'un peu de la flamme ravie

A l'autel du temple divin ;

Et, dans l'éclat qui vous inonde,

Ne laisser de soi dans le monde

Qu'un sillage d'or au chemin !

LA CHAPELLE.

J'aime à sentir gronder mon ardente pensée,
    Foudre au-dedans de moi;
J'aime à la voir descendre et remonter bercée
    Sur ses vagues de foi.

J'aime à suivre les voix qui parlent dans les ondes,
    Sur les grèves des mers ;
J'écoute si l'écho, dans les grottes profondes,
    Répond aux flots amers.

J'aime l'immensité dans toutes ses images,
    Qui me rappellent Dieu ;
Je n'aime sur mon front que les vastes nuages
    Qui recèlent du feu.

Et je n'ai point encor parcouru les montagnes,
    Chanté sur un volcan ;
Et mon âme n'a pu, le long de ses campagnes,
    Porter qu'un Océan.

Je voudrais agrandir l'horizon que j'aspire,
    Le charger de mes pleurs,
Jeter au vent des airs ce beau luth qui soupire
    au milieu de mes fleurs.

Mais les fleurs, les parfums, doux et fidèle emblème
    De ma vie aujourd'hui,

Ma mousse et mon ruisseau, c'est là tout ce que j'aime,
    Le reste m'est ennui.

Et j'aime vers le soir prier à ma chapelle,
    Ma chapelle d'amour,
Où d'un feu trop ardent chaque vive étincelle
    Vient s'éteindre à son tour.

Et je trouve la paix devant ma vierge blanche,
    Blanche comme un beau lis;
Il me semble souvent que sa tête se penche,
    Et qu'elle dit : « Mon fils! »

Et le ciel est bien pur! et bien frais le rivage
    Après des pleurs bénis;
On peut laisser alors errer dans le nuage
    Ses désirs infinis.

Et bientôt la prière en un hymne rassemble
    Nos hymnes isolés;
Ensemble nous aimons, et nous prions ensemble
    Le Dieu des exilés.

RECONNAISSANCE.

Coulez, source de poésie
Qui surabondez dans mon cœur ;
Coulez, ô flots purs d'ambroisie
Qui m'enivrez de mon bonheur ;
Coulez, répandez sur le monde
Cette paix du ciel qui m'inonde,

Cet espoir qui m'a consolé.

Allez renier ma tristesse,

Allez dire enfin mon ivresse,

L'ivresse du pauvre exilé !

Coulez, coulez avec mes larmes,

Car des larmes sont dans mes chants,

Mais combien elles ont de charmes!

Quels accords légers et touchants

S'échappent de ma douce lyre !

Quel transport d'amour! quel délire!

Mon Dieu! qu'ai-je donc fait pour vous?

Ma vie entière m'épouvante...

Et d'où vient qu'aujourd'hui je chante

Un si beau cantique à genoux?

D'où vient qu'à ce même rivage

Où se sont flétris bien des jours,

Où le soir un éclair d'orage

Dans l'azur reluisait toujours;

D'où vient, dans ces rochers si sombres

Qui sur mon front jetaient leurs ombres

Comme un mystérieux linceul ;
D'où vient cette joie inconnue ?...
Voici la nuit... l'épaisse nue...
L'Océan gronde... et je suis seul...

Mon Dieu ! je sens votre présence,
Votre souffle est autour de moi,
Vous me parlez dans le silence ;
Je sens les ailes de la foi
M'enlever par-delà la terre ;
Mon âme n'est plus solitaire,
Des anges volent à l'entour...
J'entends de sublimes cantiques :
Les saints, les prophètes antiques
Mêlent leurs voix à mon amour.

Gloire ! gloire au Dieu qui m'accable
D'un torrent de félicité !
Qui jette à mon désert de sable
Ces sources d'immortalité !
Gloire à l'Océan son ouvrage,
Qui montre une incomplète image

De son immense profondeur !
Gloire à tous ces astres sublimes !
Gloire aux monts, aux vastes abîmes,
Qui sont vos échos, ô Seigneur !

LIVRE SECOND.

—

HUMANITÉ.

Que cherchez-vous autour de vous ?
Ce n'est pas ici le lieu de votre repos.

Imit. liv. ii.

LE POÈTE.

Que faut-il donc penser de ton âme, ô poète?
Qu'es-tu? que cherches-tu sur la terre d'exil?
Tantôt tu resplendis comme un éclat de fête,
Et tantôt tu pâlis comme un homme en péril.
Et ta voix, sombre flot qui tourmente ta vie,
Étrange enivrement où se complaît le cœur,

Dieu qui t'en a fait don lui porte-t-il envie,
Ou veut-il te la vendre au prix de ton bonheur ?
Est-ce un homme, un poète ?... Une lyre sonore,
Un vain son qui se perd dans les rumeurs du soir ?
Éphémère instrument dont l'accent ne colore
Qu'une joie, un amour, une crainte, un espoir ?
Est-ce un homme, un poète à la voix incertaine,
Timide, s'égarant dans des sentiers déserts,
Poursuivant un désir, une image lointaine,
Comme un flocon d'écume emporté par les mers ?
Oh ! le poète, hélas ! est triste dans le monde,
Car il lui faut chanter quand il voudrait des pleurs ;
Quand il voit s'agiter tant de barques sur l'onde,
Et que sa barque à lui se sent poussée ailleurs.
Il est triste... et Dieu seul a mesuré sa peine...
Car les hommes pour lui n'ont souvent que dédains ;
Une voix est si faible à ce long bruit de chaînes
Qu'un coup de fouet éveille en ces troupeaux humains !
Il passe inaperçu, sans une amie, un frère ;
Il est seul... On sourit quand on le voit souffrir...
La Gloire, qui devint sa confidente amère,
Le révèle, il est vrai... quand il a su mourir.

Mais, que vaut un laurier qui verdit sur la tombe?

O poète, ton nom si rayonnant, si beau,

N'a-t-il donc que l'éclat d'un astre qui succombe?

Ne devra-t-il orner qu'un marbre de tombeau?

Ah! Dieu qui t'a donné cette âme harmonieuse

En a fait un écho de son esprit sacré;

Au jour où cette vie ardente et glorieuse

Tressaillit dans ton sein, tu devins consacré.

Il ne fut plus permis de songer à la terre,

Ton destin fut d'écrire un mot au livre d'or,

Ton cœur, béni du ciel, fut un pur sanctuaire,

Et les anges voilés en gardaient le trésor :

Trésor de foi, d'amour, d'éternelle espérance.

Qu'importent les dédains, la gloire ou la douleur?

Ton cœur devait grandir de toute la distance

Qui sépare un maudit d'un élu du Seigneur.

Ton corps, qui se sentait pousser de blanches ailes,

A peine osait marquer la trace de ses pas,

Et voilà qu'aujourd'hui tes hymnes infidèles

Iraient se profaner aux échos d'ici-bas?...

Non! ce n'est point un chant, une note stérile,

Un fugitif accent, que le cœur a dans lui.

La poésie en nous est un germe fertile
De crime ou de vertu, de bonheur ou d'ennui.
Oui, le poète est l'homme à la pensée ardente,
Enivré des beautés qui rayonnent du ciel;
Tasse, Homère, Milton, David, Ossian, Dante,
Morts, vous ressuscitez au souffle d'Ézéchiel!
Le poète nourrit ce souffle en sa poitrine.
Pourquoi ces ossements immobiles, glacés?
Oh! c'est qu'il a souillé son haleine divine;
Il ne reste de lui que des traits effacés.
Plus de poète, hélas!... plus de prophète antique,
La volupté, l'orgueil, et l'égoïsme, et l'or,
Cette boue a charmé son regard angélique,
Et son âme a pesé bien moins qu'un vil trésor.
Et des troupes chantant se heurtent dans le monde;
De profanes accents étouffent l'Hosanna,
Et l'âme sent monter un dégoût qui l'inonde,
Et l'effroi la saisit comme au pied du Sina.
Des foudres, des éclairs, se croisent sur sa tête,
Et la foule inaugure une idole en ce lieu,
Le prophète descend armé de la tempête,
Et les chants sont passés... Il ne reste que Dieu.

A M. A. DE LAMARTINE.

Lamartine, ils ont dit que, surpris dans tes vers,
Ton accent dans ma voix animait mes concerts;
Que ma lyre, éveillée à ta lyre sublime,
Sous ton aile voulait franchir la même cîme,
Et qu'en suivant au ciel ton vol harmonieux
J'espérais un reflet de ton front radieux.

Il est vrai, noble enfant d'une race divine,

Ton luth plus qu'aucun luth fit battre ma poitrine,

Je cherchai dans tes chants tout inondés de pleurs

Des accords purs et doux, pour guérir mes douleurs;

J'évoquai dans ta voix cette voix plus profonde

Qui parle au cœur déchu du bonheur de ce monde,

Qui ne veut plus ici que le souffle de mort,

Qui, brisant tout esquif, le jette sur le port.

J'écoutai si ta lyre était chaste et pieuse,

Et mon âme bientôt, chantant, mélodieuse,

Te cherchait, t'appelait, aimant un frère en toi,

Un frère au cœur baigné d'amour pur et de foi,

Un pontife sacré de sainte poésie,

Qui verse au peuple ému les parfums d'ambroisie;

Et mon hymne vola te chercher sur les mers.

J'ignore si l'écho t'a porté mes concerts.

J'ignore si ton œil, qu'un noble orgueil enflamme,

A laissé s'abaisser un regard sur mon âme;

Si, distrait alentour par les mille clameurs,

Mon cri n'est pas perdu dans les vastes rumeurs?

J'ignore si mon nom, qui dans la nuit se plonge,

N'est pas venu soudain te saisir comme un songe;

Et si, voyant auprès un éclat radieux,

Tu n'as pas reconnu ton éclair dans mes yeux?

J'ignore... mais je sais qu'ils disent que je nomme

Après toi, le néant, l'immortalité, l'homme,

Que mes feux empruntés aux bouches du volcan,

Meurent en rayon pâle en ton vaste océan.

Lamartine, dis-moi, car mon âme irritée

Aurait des mots amers dans sa fuite emportée,

Dis-moi si, dans la voix qui me brise, dis-moi

S'il n'est point un accent qui ne fût pas en toi?

Un accent moins puissant peut-être, moins sublime,

Mais qui gronde et s'éteint comme au fond d'un abîme;

Un cri sourd qui ne peut jamais être imité,

Qui doit user les jours pour l'immortalité...

Dis-moi... car j'ai goûté tes pures harmonies,

Et mon âme a senti des douceurs infinies

A poursuivre ici-bas ton livre commencé...

A doter l'avenir de l'or de ton passé;

A leur parler aussi du grand Dieu que j'adore

Dans les vagues des mers et les brises d'aurore;

Dans mon cœur si souffrant, solitaire à genoux,

Qui se berce aujourd'hui dans les chants les plus doux.

Je leur dirais aussi tout ce que fut ma vie,
Dévorée, inquiète, à la fin assouvie.
Mes pleurs de désespoir et mes transports d'amour,
Un soir serein de paix après un affreux jour.
Je leur dirais d'aimer, d'espérer et de croire...
Que huit ans de douleur remplissent ma mémoire,
Et qu'une heure à pleurer, solitaire au saint lieu,
Mon âme consolée a béni devant Dieu.
Oh! je veux que mon luth résonne à ton oreille;
Que, sur ton lit d'oubli, mon bras fort te réveille;
Que tu sentes, ô roi, dans la foule plus bas,
Un front qui peut prier, mais qui ne fléchit pas.
Et qu'étonné, peut-être, à ma voix vraie et sainte,
Tu jettes un fleuron dont ta couronne est ceinte.
Je veux que ton beau luth, ministre saint en toi,
Donne, non pas faveur, mais justice à ma foi;
Que ton âme aujourd'hui, de nobles soins bercée,
Sente aussi que n'est pas moins grande ma pensée,
Et qu'obscur, si mon cœur s'éteint silencieux,
La vérité m'apprête une auréole aux cieux.

A M. V. HUGO

« Le Christ déraciné tremble sur le Calvaire. »
Cette parole impie a besoin d'un pardon ;
Non, ce mot n'ira pas, furtif et funéraire,
    Dans ta tombe, ô Napoléon !

Peut être, en dédaignant ce deuil qui t'environne,
O grande ombre éblouie à bien d'autres splendeurs!
Tu n'as bien retenu, de ces chants qu'on te donne,
          Que ces seuls mots profanateurs?

Peut-être, quand l'orgueil évoque tant de gloire,
Tandis qu'avec le Christ tu comptes seul à seul...
Les voyant oublier ta plus belle victoire,
          Tu tressailles dans ton linceul?

Il ne se souvient pas, le barde du génie,
Des dernières lueurs qui dorèrent ton front;
De ta main qui pressait la croix dans l'agonie...
          Il n'eût pas vomi cet affront.

Oh! pourquoi, tout-à-coup, par la vertu divine,
Ne te dresses-tu pas debout dans ton cercueil,
Les bras croisés encor sur ta vaste poitrine
          Et dardant l'éclair de ton œil?

Silence! Il se ferait un effrayant silence...
Les innombrables voix se glaceraient soudain...

Mais Dieu n'a pas voulu de cette scène immense,
    Il t'a couché froid sous sa main.

Cadavre aussi néant que la poussière immonde...
Mais qu'il doit réveiller au jour de ses décrets ;
Soleil éteint déjà par-delà notre monde,
    Qui projette encore des reflets.

Et l'Océan nous rend la tombe impériale...
Le siècle la reçoit pour prier et bénir...
Et c'est alors, poète à la lyre fatale,
    Que tu doutes de l'avenir !

C'est alors qu'à tes yeux la croix divine tremble ;
Mais lève donc le front... Regarde. Que vois-tu ?
Un temple étincelant où Napoléon semble
    Être attaché comme un vaincu.

Un pontife à l'autel, de l'encens qui s'allume,
Des hymnes éperdus de joie et de douleur ;
Un peuple haletant comme un coursier qui fume
    Et s'abat au char du vainqueur.

Le vainqueur !... Ce n'est pas l'illustre capitaine :
Tu nous montres le ver prêt à le dévorer ;
L'éternité l'étreint de sa main souveraine ;
    C'est pour lui qu'il faut implorer.

C'est pour lui que la gloire incline avec la France
Ces armes, ces drapeaux tachés de tant de sang ;
C'est pour lui que les cœurs, inondés d'espérance,
    Disent au Christ : Toi seul es grand !

A M. SAINTE-BEUVE.

Une voix m'est venue à mon plaintif rivage
Comme un flot de la mer au murmure plus doux.
De mes frères absents elle évoquait l'image,
Et mon cœur en aimant s'est souvenu de vous.
Il vous suit du regard dans cette immense ville
Où, fatigué du bruit du vide et des clameurs,

Vous secouez souvent cette poussière vile
Pour épurer votre âme à de nobles labeurs.
Peut-être, en ce moment où le jour vient de naître,
Plus matinal encore êtes-vous au foyer,
Feuilletant d'une main quelque livre à connaître,
Tandis que l'autre auprès sent la flamme ondoyer?
Heure de solitude et d'oublieux silence,
Bien-être passager qu'on savoure en son cœur,
Soudaine effusion d'un souffle d'espérance
Où l'on croit un moment retrouver le bonheur.
Mais le soleil pâli se lève dans la nue,
Les nocturnes brouillards s'écoulant des vitraux
Laissent voir au-dessous les ruisseaux de la rue,
Les toits fumants, la foule et les mille travaux.
Et bientôt vous quittez l'asile tutélaire,
Et moi je quitte aussi mon sanctuaire obscur,
Mais plus épris toujours j'y reviens solitaire.
Et vous, d'aimer la paix êtes-vous toujours sûr?...
Ami, j'ai conservé l'empreinte de votre âme...
Et, depuis, vous avez marché sous un beau ciel;
Avez-vous apaisé l'ardeur de votre flamme,
Et trempé votre lèvre à des rayons de miel?

Noble front dépouillé par la pensée ardente,

Avez-vous un rameau de myrte et d'olivier?

Avez-vous respiré, dans le pays de Dante,

Le souffle que Virgile éveille en son laurier?

Le golfe de Bahia vous dit-il un mystère?

Ou plutôt, dédaigneux de rêves impuissants,

Votre œil a-t-il sondé l'abîme du cratère,

Et votre âme écouté d'impétueux accents?

Êtes-vous descendu de ces sommets de cendre

Le cœur moins inquiet et le front plus hautain,

Portant en vous les voix que vous veniez d'entendre,

Et jetant le mépris au sol napolitain?

Avez-vous arrêté votre course dans Rome,

Rome, le port ouvert aux pèlerins de l'art;

Ou bien, passant rapide à tout seuil qu'on renomme,

La basilique un soir vous vit-elle à l'écart?...

J'ignore ce qui laisse aujourd'hui quelque trace

De ce lointain voyage où votre aile a passé,

Mais votre souvenir, que nulle ombre n'efface,

Vous révèle à mes yeux triste comme au passé.

Je vous vois me jeter un adieu de tendresse,

Et me serrer la main d'un mouvement furtif,

Comme si votre cœur, surpris d'une caresse,
Eût craint, en s'avouant, de heurter un récif.
Hélas! êtes-vous seul à souffrir en la vie?...
Mais qui suis-je à vos yeux pour parler de douleurs?
Une âme que la foi dans son ciel a ravie,
Et qui n'a rien connu de l'âcreté des pleurs;
Un cœur tout prévenu d'ineffables tendresses,
A l'abri des soucis qu'éveille chaque jour,
Espérant plus de Dieu que des vaines promesses,
Et gardant, comme l'ange, un paradis d'amour.
Oui! j'ai pour moi ces biens et d'autres biens encore,
Et pourtant nul ne sait ce qui saigne au-dedans.
Ma harpe, chaque soir, s'agite plus sonore,
Et nul n'a deviné ses intimes accents.
Et vous, plus étranger, plus avant dans le monde,
Vous ne soupçonnez guère un nuage en mon ciel;
La foi de ses splendeurs me console et m'inonde,
Et vous croyez le cœur préservé de tout fiel!
O mon ami!... la foi, c'est le bonheur, sans doute,
Mais nous portons en nous son mortel ennemi,
Et pour avoir toujours un front calme,... il en coûte,
Et le vainqueur souvent reste mort à demi...

Un jour, peut-être, un jour vous dirai-je un mystère,

Poëme douloureux, dont mon luth est jaloux ;

Naïf épanchement d'une âme solitaire

Qui se blesse en secret et se plaint à genoux,

Combat tout incertain de joie et de souffrance...

Mais que dis-je ! et que fait cet imprudent aveu ?

Ne suis-je pas pour vous une voix d'espérance,

Et n'ai-je pas voulu vous consoler un peu ?

Vous parlez de vous-même, aigri dans votre peine,

Mécontent et froissé des hommes et du sort,

Et comme un fier captif que révolte sa chaîne,

Rêvant la liberté, la vengeance ou la mort.

Vous semblez dévorer une insulte en votre âme ;

Oui ! votre œil a trahi quelque chose d'amer.

Ami, dites-moi donc s'il n'est pas de dictame,

Et si le désespoir n'a d'abri que l'enfer ?

Et pourtant je verrai peut-être à cette table,

Où ce cercle d'amis nous réunit tous deux,

Votre esprit animé par une voix aimable,

Semer avec éclat le brillant de ses feux ;

Et moi, vous écoutant, épris d'une parole,

J'oublie et votre peine et ma propre douleur ;

Mais plus tard cette voix n'a plus rien qui console,
Car le plaisir pour nous est bien loin du bonheur.
Et j'aime alors à voir le seuil de votre mère,
J'entre et m'assieds longtemps pour lui parler de vous,
Et ce rayon, caché dans votre coupe amère,
Me dit que le Seigneur a son baume pour tous.
Pour l'un c'est une sœur, et pour l'autre une épouse;
Ailleurs c'est une mère... Ah ! j'ai ma mère aussi,
Elle souffre, ma mère, et mon âme jalouse
Voudrait que par mes soins son cœur fut adouci.
Si vous saviez l'amour qui respire en son âme,
Ce qu'il anime encor de beauté dans ses yeux !
Ce que trahit du cœur ce doux accent de femme
Quand sa voix me redit : « O mon fils, sois heureux ! »
Oh ! nous devons tous deux être heureux pour nos mères;
N'eussions-nous que poisons pour nourrir notre cœur,
L'amour sacré d'un fils n'a rien de nos chimères,
La main qui le bénit lui tient lieu de bonheur.

DOULEUR.

Sentir au fond de l'âme une étrange douleur,
Une invisible main au milieu du bonheur
    Qui change notre joie en larmes ;
Vouloir se reposer sous un abri de paix,
Et, malgré ses efforts, ne réussir jamais
    A sommeiller exempt d'alarmes ;

6

Souffrir sans qu'au-dehors on soupçonne pourquoi ;
N'avoir pour confident que cette austère foi
   Qui fait de la mort la victoire ;
Être poète, hélas ! et, tout baigné d'amour,
Et dans ses rêves d'or ne pouvoir un seul jour
   Déposer son rayon de gloire !

Étouffer tout élan, toute voix dans son sein,
Sur sa lèvre de feu porter un rude frein,
   Et marcher solitaire au monde...
Sentir autour de soi des caresses d'enfants,
Des yeux voilés d'amour qui cherchent par instants
   Quelque regard qui leur réponde.

Et rester froid dans l'âme et bien souvent amer ;
Et promener le soir son deuil près de la mer
   Qui jette un soupir dans sa lame,
Et se durcir encor comme un sombre rocher,
Et laisser sans désir, ainsi que le nocher,
   Errer sur l'Océan son âme !

Et se flétrir ainsi comme à plaisir le cœur !
Sourire amèrement au seul mot de bonheur,
    Et cependant croire aux promesses...
N'avoir pas, ô mon Dieu ! de doute à votre autel ;
Nourrir dans le devoir votre germe immortel,
    Et cependant tant de faiblesses !

La prière et les pleurs qui coulent devant vous,
Ces pleurs, ce don du ciel dont mon cœur est jaloux
    Comme d'une fraîche rosée...
La sainte poésie, au doux bandeau de foi,
Qu'une brise d'amour soulève un peu pour moi
    Quand toute force est épuisée.

Et puis ces malheureux qui demandent du pain,
Ces enfants demi-nus qui n'ont qu'un cri : « J'ai faim ! »
    Et ces yeux hagards d'une mère...
Ce groupe de souffrance où se rit dans la mort
Ce front humide et froid dont le dernier effort
    Est vers mon âme une prière.

Ah! je l'entends, mon Dieu! j'adopte le malheur.
Pauvre mère! oh! ton âme est aujourd'hui ma sœur,
  Ton enfant mon frère en ce monde;
Reviens au doux espoir qui renaît dans mon sein,
Voilà du pain, de l'or, oh! dans mon œil serein,
  Vois ce ciel d'amour qui t'inonde!

Je suis riche... et je puis te donner le bonheur.
Me voilà, c'est ton ange à la voix de douceur
  Que tu rêvas dans l'espérance;
Regarde... reconnais; n'est-ce pas que c'est lui?...
Dis-le donc à ton Dieu dans tes pleurs aujourd'hui,
  Où parle la reconnaissance!

UN JOUR DE PRINTEMPS.

Je t'aime, ô ma riche nature !
Ma divine amante, ma sœur !
Mon âme à ton souffle s'épure
Et rêve longtemps de bonheur.
Tu nous dis des choses si douces
Dans tes bois fleuris, dans tes mousses,

Dans ta brise et dans ton ciel bleu,
Que l'on reçoit avec tendresse
Tes parfums comme une caresse,
Ta voix comme un écho de Dieu.

Je t'aime à mon soir solitaire,
Surtout quand mon regard voilé
Ne cherche plus rien sur la terre
De ce bien qui l'eût consolé...
Alors chaque brise attentive,
A mon âme triste et pensive,
Apporte un baiser à son tour,
Comme des amis au passage
Qui nous disent : « Allons, courage,
« Nous nous reverrons au retour ! »

Car je vous verrai tous, mes frères,
Que je sais bien autour de moi ;
Purs esprits aux ailes légères
Qu'illumine un rayon de foi ;
Que m'importe la solitude
Ou l'ardente sollicitude

Du monde en ses lointains plaisirs?
N'êtes-vous pas là, mes compagnes,
Qui peuplez pour moi mes campagnes
De fleurs, de chants et de soupirs?

Réveille-toi, sors de ton ombre,
Front courbé sous trop de douleur;
Éteins ce regard toujours sombre
Comme un long reflet de malheur.
Que veut donc ici cette lyre?
Si cet Océan ne l'inspire,
Si ces rochers n'ont plus d'accords,
Si sous ces temples de verdure
Ta voix sainte, ô grande nature!
Ne peut exciter de transports?

Mon âme, expirant avant l'âge,
Ne serait donc plus qu'un débris,
Comme un cadavre à mon rivage
Qui roule ses restes flétris?
Et ses larmes, dans son silence,
Et ses dégoûts, son espérance,

Sa foi qui brisa son essor,
Ce souffle, mon Dieu, qui l'oppresse,
Est-ce un prodigue en sa détresse
Qui demande en vain son trésor?

Non! non! mon âme, sois tranquille!
Ton germe divin vit toujours.
Laisse-là leur regard débile
Lassé de te suivre en ton cours.
Qu'importe la gloire des hommes?
Sont-ils donc plus que nous ne sommes?
Peuvent-ils quelque chose, hélas!
O nature! amante adorée,
Ta couronne est haute et parée;
La leur tombe à nos premiers pas.

Je t'aime, car toujours fidèle
Tu ne rougis pas d'un baiser;
Quand mon œil d'amour étincelle,
Tu ne crains pas de l'apaiser.
Je t'aime, car ta chaste image,
Soit dans les flots de mon rivage,

Soit sur les versants du coteau,
Revêt de ces formes austères,
Comme ces pampres funéraires
Qui croissent le long d'un tombeau.

Je t'aime, car, vierge éternelle,
Jamais ne se ride ton front;
La honte, où l'orgueil se récèle,
Ne l'altère d'aucun affront.
Ta lèvre fleurie et naïve
Ne lance nulle atteinte vive
Pour se fermer sitôt après;
Et ta main, cruelle oublieuse,
Ne s'ouvre pas toute joyeuse
Pour se retirer à jamais...

Ton accent est toujours le même,
Ton beau regard n'est point jaloux;
Quand notre âme te dit : Je t'aime !
Ce mot-là nous revient plus doux :
Nous l'entendons dans le feuillage,
Dans les murmures de la plage,

Dans les voix des oiseaux d'avril;
Parle-moi ta langue chérie,
Pour qu'en toi mon âme attendrie
Sente un peu s'alléger l'exil!

Reçois, confidente céleste,
Cet aveu tout tremblant d'amour :
Je t'aime... et dans mon âme il reste,
Crois-moi, de quoi rendre à son tour
Ton front fier comme une couronne,
Car le ciel sait que je te donne
Un cœur épris de nobles vœux,
Un encens vif et sans souillure,
Qui ne peut brûler, ô nature!
Que de saints et de chastes feux!

LUTTE.

Pourquoi chercher, mon Dieu! d'autre bien sur la terre
Que la paix dans l'oubli, la prière et les chants!
Dans l'ombre qui protége un sentier solitaire
Où les voix de l'exil ont tant d'accords touchants?
Pourquoi ne pas goûter le parfum d'une rose,
L'éclat si pur du lis ou du lotus en fleur?

Et par de-là le ciel rêver quelqu'autre chose,
Que son dôme d'azur et son lointain bonheur?
Pourquoi ne pas s'asseoir, sobre dans sa pensée,
Au flanc de ce coteau que verdit un gazon,
Sans animer en soi quelque flamme insensée,
Comme un sanglant éclair qui rougit l'horizon!
Voir la vague endormie, au pied de la falaise,
Et la mouette auprès immobile au rocher;
Et devant l'Océan sentir son cœur à l'aise
Sans éveiller la rame à l'esquif du nocher?
Oh! que j'aime la paix, le repos, le silence!
Ce grand calme de l'âme en présence de Dieu!
Cet avant-goût divin qui fait notre espérance,
Et dont nous savourons quelques traits au saint lieu!
Mais la tempête est près de tout soir trop limpide;
Elle est jalouse alors que l'on songe à jouir :
Il s'élève soudain un vent de nuit aride,
Flétrissant toute fleur qui veut s'épanouir.
On retombe accablé de néant et de honte.
On n'aura donc jamais son port tranquille et sur?
On lutte, mais en vain... La vague vous surmonte,
Et l'on roule à la grève en un limon impur.

Douleur ! de ne pouvoir nourrir une âme d'ange !

Sentir battre en son sein le plus sublime élan,

Et s'essuyer au front une trace de fange,

Et mélanger la lave aux flammes du volcan !

Et ne pouvoir mourir pour expier sa vie !

Non, non ! mais vivre ici comme un esclave aux fers,

Par ses mille trésors être un objet d'envie,

Et sentir une plaie ardente sous les chairs :

Comme une main de feu qui ronge avec caresse,

Cancer autour du cœur, au ravage ignoré,

Mal tout mystérieux qui jette dans l'ivresse,

Et qui vous assoupit dans un songe adoré.

Mais le sommeil est court, et le réveil terrible.

Il passe dans la nuit de longs éclairs de foi

Où le front en sueur, on demeure insensible

Comme si le tonnerre était tombé sur soi.

Oh ! l'âme ne veut pas plus que Dieu de partage ;

Fille d'éternité, c'est l'infini son bien.

L'amour ,la volupté, la gloire ,... tout l'outrage.

Dieu ! c'est Dieu qu'il lui faut, tout le reste n'est rien !

VICTOIRE.

Je vous bénis, mon Dieu ! de cette heure paisible
Où mon cœur semble en vous avoir tout oublié,
Où mon œil, désormais à la terre insensible,
Se ferme en votre sein après avoir prié.
Je vous bénis du jour qui reluit sur ma tête,
De ce rayon de paix qui perce la tempête,

De cet amour du ciel qui revient seul en moi,

De cet espoir si beau, qui console ma vie,

Et dont mon âme, encore aujourd'hui plus ravie,

    Veut s'illuminer dans sa foi!

Qu'il est doux d'espérer l'immortelle couronne!

Mais quels tristes ennuis, quand le cœur est troublé!

Quand à des rêves chers sans crainte il s'abandonne,

Et qu'il oublie au ciel son ange désolé!

Qu'elle est sombre, la nuit où scintille une flamme

Qui rampe sur la terre et dévaste cette âme

Comme ces feux errants qui dévorent les fleurs!

Quel poison!... mais aussi quelle pure ambroisie

Quand la foi verse au cœur ses flots de poésie,

    L'inondant de chants et de pleurs!

Ah! prier, espérer, vivre simple et fidèle,

Fidèle à vous, mon Dieu! dans un chaste soupir;

Éteindre dans le cœur chaque vive étincelle

Qui pourrait éveiller un imprudent désir,

S'éprendre à la vertu dans sa forme adorable,

Aux sublimes élans qu'une foi redoutable

Laisse briller sur l'âme en reflets de bonheur,

N'avoir qu'un seul amour,... l'humanité souffrante,

Qu'un seul drapeau sacré,... la croix étincelante,

Qu'un seul nom;... le vôtre, Seigneur!

AU CHRIST.

O grandeur toujours adorable !
O Christ, éternelle beauté !
Main pour nous toujours secourable
Qui nous rendez la liberté !
Soyez béni du fond de l'âme,
O Christ ! source de vive flamme !

Mon Dieu ! n'aurai-je rien pour vous ?
Sublime, éclatante figure,
Ma douleur est-elle assez pure
Pour vous contempler à genoux ?

Image de grâce infinie,
Soleil qui voilez vos rayons ;
Quelle lyre, quelle harmonie
Diront vos élévations ?
Mais, Dieu d'amour, Dieu tout aimable,
Qui laissez à la même table
Un ami reposer sur vous,
Ah ! j'oublie un Dieu que j'offense,
Je ne sens plus que la présence
De ce cœur qui battit pour nous !

Homme divin, sublime frère,
Nom qui seul adoucit les pleurs !
O Jésus-Christ ! sauveur et père,
Ami qui portez nos douleurs,

Je vous aime, ô mon Dieu! je t'aime...

Mon âme n'est pas morte encor...

Ses larmes seront son baptême,

Et ton sein son dernier essor.

HEUREUX QUI PLEURE.

Qu'elle est sévère votre croix,
Qu'elle est sombre sur le Calvaire !
Mais quel ineffable mystère
Fait couler des pleurs à sa voix !
Voix qui parle de la souffrance
Comme on parle de l'espérance,

De la douleur comme d'un bien ;
Écho d'abord mélancolique,
Qui bientôt se change en cantique
Dans le cœur surpris du chrétien.

Oh ! souffrir, c'est la destinée...
Mais espérer, c'est le bonheur,
Et l'espoir de chaque journée
Croît à l'ombre de la douleur.
Chaque larme est une prière,
Chaque soupir une lumière
Qui révèle à l'âme son jour ;
Chaque tristesse inconsolée
Un souvenir à l'exilée
De son impérissable amour.

Heureux qui pleure dans la vie !
Heureux qui combat dans le cœur !
Heureuse l'âme inassouvie
Qui n'a point sa part de bonheur,
Qui fuit et dédaigne le monde,
Et qu'un rayon du ciel inonde

Dans son désert mystérieux,

Fleur qui vient à peine d'éclore

Et qui doit parfumer encore

Avant d'être un fruit pour les cieux.

TENTATION.

Je puis vous offenser, Seigneur, mais je vous aime.
Si de mon triste cœur la faiblesse est extrême,
  Je crains votre courroux;
Si mon front porte, hélas! quelque rougeur coupable,
Ce n'est point la révolte à votre joug aimable;
  Non, je suis à genoux.

Mais d'humaines vapeurs s'élèvent dans l'espace,
Et par fois déployant leur ombre sur ma face,
    Elles voilent le jour.
Des brises, s'épanchant le long de nos vallées,
Enivrent de parfums les âmes consolées
    Dans leur riant séjour.

Et tout parle de paix, de rêveuse tendresse ;
Le plaisir comme un flot vous berce et vous caresse,
    Oublieux d'avenir ;
On aspire en son âme une mollesse étrange,
Si douce, que par fois du saint bonheur de l'ange
    On n'a plus souvenir.

Et c'est là le péché, Seigneur ! c'est là l'offense.
C'est insulter en soi la divine défense ;
    C'est mépriser le Ciel !
C'est énerver au cœur la volonté de l'âme,
Caresser sa langueur et chercher son dictame
    Dans un rayon de miel.

Et c'est encore, hélas! éve̓ ̓r d'autres rêves ;
Le soir au flot voilé qui se plaint à nos grèves,
  C'est avoir un doux chant,
Un accent qu'une autre âme, émue aux mêmes peines,
Répète, en se berçant d'enivrantes haleines,
  Dans un accord touchant.

Et c'est la volupté, s'épurant d'innocence ;
Le flot mélancolique où l'âme se balance
  Comme un riche encensoir ;
Le parfum qui des sens s'exhale avec les roses,
Et colore, en passant, une foule de choses
  Qu'on n'osait pas y voir.

Et le cœur tout-à-coup devient lui seul un monde ;
De joie et de douleur à la fois il s'inonde.
  Chaque fleur a son tour ;
Corolle étincelante ou sévère calice,
Amertume ou douceur, transport ou sacrifice,
  Mais pourtant tout amour !

Amour... reflet divin altéré dans la vie,

Appât jeté du ciel pour exciter l'envie,

      Pour consoler un peu,

Mais qui tombant au cœur que trop d'ardeur emporte,

Le sèche en un instant comme une feuille morte

      Sous un souffle de feu.

BEAUTÉ MORALE.

Il est beau de tenir comme un coursier sauvage
Son indomptable amour altéré de bonheur !
Il est beau d'enchaîner de force à son rivage
Ce cœur impatient d'assouvir son ardeur !
Il est beau de sentir sa volonté puissante !
De souffrir insensible une main caressante,

Et de fouler aux pieds des lauriers et de l'or ;
Il est beau de porter son âme solitaire,
Et, comme un exilé, de passer sur la terre
Les yeux levés toujours vers un autre trésor !

Il est beau de sentir des révoltes intimes,
Et d'entendre au-dedans gronder des voix de crimes :
Orgueil, vengeance et volupté !
De soulever du doigt cette vague de fange,
Et de voir, dirigé par le souffle d'un ange,
Son cœur un moment ballotté.

Non, la vertu n'est pas où toute lutte cesse !
Il faut pour vous, Seigneur, que notre âme sans cesse
Soit dans le trouble et le péril !
Il faut que notre esquif soit battu des tempêtes,
Et que plus d'un éclair ait foudroyé nos têtes
Pour immortaliser l'exil !

Que serait mon cantique et ma pieuse extase,
Si je n'avais en moi ce foyer qui m'embrase,

Ce volcan tout ivre d'amour
Qui vomit à la fois la flamme et la fumée,
Et laisse l'âme ici vivante, inanimée,
    Terne et brillante tour-à-tour !

Que serait cet asile aux splendides ombrages,
Si la mer n'y venait briser ses larges flots ;
Si ma voix ne mêlait à la voix des orages
Ses cris aussi puissants que leurs mille sanglots?
Que serait ce repos parfumé de prière,
Ces silences de nuit où se clot ma paupière,
Ce chant comme un beau cygne au vol harmonieux?
Que serait une vie avant les funérailles,
Si l'on n'avait senti déchirer ses entrailles
Par ce germe enfanté pour les splendeurs des cieux ?

AUX PETITS OISEAUX.

Petits oiseaux, mes frères,
Vous êtes bien heureux ;
Ignorant nos misères,
Rien ne trouble vos jeux !

Vous passez sans alarmes
Votre vague destin ;
Vous n'avez d'autres larmes
Que celles du matin !

Le dôme d'une feuille
Vous abrite du jour,
Le sein d'un chèvre-feuille
Vous enivre d'amour.

Votre aile reposée
Brille d'azur et d'or,
La goutte de rosée
Est pour vous un trésor.

Le duvet d'une mousse
Pour palais vous suffit,
La brise la plus douce
Vous berce en votre lit.

Petits oiseaux, mes frères,
Vous êtes bien heureux,

Ignorant nos misères,
Rien ne trouble vos jeux.

Le fruit, la graine mûre,
Étincellent pour vous;
La féconde nature
Ne vous rend pas jaloux.

Vous élevez ensemble
Un magique concert
Où chaque voix rassemble
Quelque trait du désert;

Quelque note perdue
Dans la création,
Que laissa suspendue
La harpe de Sion.

Quelqu'hymne révélée
Au cœur silencieux,
Dont votre voix perlée
Est l'écho sous les cieux.

Quelque flot d'espérance,
Quelque désir béni,
Où l'âme se balance
En rêvant l'infini.

Petits oiseaux, mes frères,
Vous êtes bien heureux,
Ignorant nos misères,
Rien ne trouble vos jeux !

LE COEUR.

O mon Dieu, que mon cœur soit à jamais fidèle !
Qu'il n'éveille jamais que de chastes soupirs !
Qu'il ne ressente plus la fatale étincelle
Qui, malgré lui, l'emporte en de brûlants désirs !
Qu'il soit mort à l'amour qui n'est pas tout céleste !
Qu'il n'allume qu'un feu consacré sur l'autel !

Qu'il vous aime, Seigneur! et qu'ici-bas le reste
Ne soit plus que dédain pour son œil immortel!

Tant de fois le tombeau qui reçut sa pensée
Ouvrit à ses regards ses abîmes lointains;
Tant de fois, immolant sa jeunesse insensée,
Il vieillit à plaisir sur ces bords incertains;
Tant de fois, oublieux des soucis de la vie,
Des biens, des voluptés, des mille ambitions,
Il n'eut plus ici-bas, ô Seigneur! qu'une envie,
Qu'un espoir plus puissant que toutes passions!

La mort, la liberté, le bonheur dans la tombe,
L'enivrement de l'âme en des splendeurs sans fin,
L'infini qui s'élève et sur le cœur retombe
Comme pour essayer s'il porte son destin.
Dieu, cette image ardente, inénarrable, immense,
Voilà ce qu'il aimait, voilà ce qu'il chercha,
Le rayon que la nuit il suivait en silence,
Le cri qu'à l'Océan souvent il arracha.

Et cette voix profonde, et ce rayon d'étoile,
Ces vastes horizons de vagues et de ciel,
Vacillent au regard affaibli par un voile
Qui parfume le front de son baiser de miel.
La nature, entrevue à travers cet obstacle,
N'a plus son grand reflet de l'immortel séjour;
Le cœur est à lui seul son livre et son spectacle,
Toute création se perd dans son amour!

Oh! qu'il est grand ainsi l'homme avec son extase!
Mais malheur s'il profane un si sublime encens!
Malheur s'il ne sait pas, dans ce feu qui l'embrase,
Reconnaître son âme au milieu de ses sens!
Oh! ce torrent d'amour n'est pas pour une idole...
Une femme, un trésor, un ange, c'est trop peu;
La beauté la plus pure est une ombre frivole.
Il n'est à l'âme, il n'est qu'une beauté, c'est Dieu.

A M. L. DE JUSSIEU.

Ami, je pense à vous et je veux vous le dire.
Quelque chose de doux, et d'amer à la fois,
Se mêle aux souvenirs que votre nom m'inspire,
Et mon âme a besoin de vous parler sa voix.
Il me semble, en partant, que de sombres nuages
Passèrent sur nos fronts également pensifs,

Que votre œil entrevit de sinistres présages,

Et me laissa tomber quelques regards plaintifs !

Et ces épais brouillards enveloppant nos grèves ,

Et la mer gémissant dans leur obscurité,

Et ce refus constant de vous dire mes rêves ,

Comme si l'œil eût craint leur lugubre clarté.

Oh ! votre gaîté douce et vos mots tout aimables

Ont peut-être voilé des pensers soucieux,

Et comptant sous mon toit tant de biens désirables ,

Peut-être vous semblai-je ingrat envers les cieux ?

Oui ! votre cœur si bon, si naïf et si tendre

Que la reconnaissance ouvre au souffle du ciel,

En passant près de moi souvent n'a pu comprendre

Qu'à ces parfums si purs il se mêlât du fiel.

Quand arrêtant nos pas aux chaumes des villages ,

Cet aveugle pleurait en bénissant mes mains ;

Quand la prière au soir , recueillant nos visages ,

Versait à notre cœur ses bienfaits surhumains ;

Quand ensemble étendus au pied du large chêne ,

Nous écoutions des flots les longs mugissements ,

Et que la liberté, comme un vaste domaine ,

Se donnait tout entière à nos délassements ;

Quand assis à la table, au sein de la famille,

Hospitalité sainte et si chère à mon cœur !

Je voyais mes enfants autour de votre fille,

Comme autant de reflets de sa belle candeur ;

Quand un ange de femme, une mère adorée,

N'avaient pas un désir qui ne fût pour moi seul,

Hélas ! peut-être, hélas ! ma figure altérée

Vous sembla comme un mort paré dans son linceul.

Oh ! je ne sais pas bien me déguiser et feindre,

Sauvage, j'ai vécu dans un désert lointain ;

Jamais je n'ai forcé mes yeux à se contraindre,

Ce que pense mon âme, ils le disent soudain.

Et vous avez suivi leur regard de tristesse,

Cette trace égarée à chercher le bonheur,

Ce soleil entouré de rayons de tendresse,

Mais qui flotte incertain sans vie et sans chaleur...

Oh ! pardonnez, ami, ce mensonge à ma bouche !

Non ! le cœur n'est pas mort sous ses douleurs d'un jour,

Si dans l'exil ici peu de bonheur le touche,

C'est qu'il entend gronder un Océan d'amour ;

Il sent la vie ardente, impatiente et sombre,

Car tout rêve ici-bas se fond sous son désir,

Car dans sa main avide il ne saisit qu'une ombre,

Et le bonheur, hélas! n'est plus que du plaisir.

Le bonheur!... oh! ce mot, vibrant comme la foudre,

Retentit vainement dans notre âme de feu,

Et passe en un éclair qui réduit tout en poudre,

Et retourne vainqueur près du trône de Dieu.

SÉRÉNITÉ.

Mon cœur s'élève,
Et sur ma grève
Je n'entends plus
Ces cris confus,

Ces voix d'alarmes,
Ces chants de larmes,
Ces tristes jours
Morts pour toujours !

Mon esprit sombre
N'a plus son ombre ;
Un flot de paix
Coule à jamais.
De douces plaintes
Peuvent sans craintes
Parler encor,
C'est un trésor.

Mon âme éprise
De cette brise,
Peut bien pleurer
Pour adorer,
Mais sans tristesse,
Car sa tendresse
Est un aveu
Reçu de Dieu.

Sa voix fidelle,

Douce étincelle

Au fond du cœur,

Redit : « Bonheur !

Et le silence

Où se balance

L'écho du ciel

Semble de miel.

Et l'herbe verte

Dont est couverte

Le banc discret

Dit un secret.

Et l'aubépine

Qui s'illumine

Avec le soir

Dit un espoir.

Et la pervenche,

Que la nuit penche,

Pudique fleur

Au front rêveur ;

Et le beau lierre
Jette à la pierre
Son long rameau
Comme un manteau.

Et parfumée,
La nuit fermée
Laisse en mon cœur
Douce fraîcheur.
Je chante et j'aime,
Car tout emblême
Éveille en moi
Amour et foi.

CONFIDENCE.

Savez-vous bien pourquoi mon âme est aussi douce?
Pourquoi, si près de vous, je redoute un baiser?
Pourquoi, comme un enfant, sur un tapis de mousse,
La plus légère fleur suffit pour m'apaiser?

Savez-vous bien pourquoi, mon regard en silence,

Sèche vîte une larme où se rit un espoir,

Et pourquoi, comme un saule où l'oiseau se balance,

Mon cœur avec ses chants craint de vous émouvoir?

Oh! c'est qu'il est en moi de mystérieux songes,

Des sources d'avenir que je crains de troubler!

J'ai peur de me heurter encore à des mensonges...

Et, tout en vous cherchant, mon cœur veut s'isoler.

Car je sais la douleur qu'on nous réserve encore,

Je vois les pleurs cachés sous ces regards si doux.

Dans la main qui caresse on sent ce qui dévore...

Et je désire au moins que la paix soit en vous!

Et je la goûte aussi, cette paix loin du monde,

Dans l'oublieux dédain d'un trompeur avenir,

Dans le pur abandon de la foi qui m'inonde,

Dans cet amour du ciel que rien ne peut ternir;

Je la goûte en donnant mon âme tout entière

A celui qui voulut l'éprouver dans l'ennui,

La sacrer de douleur, de chant et de prière,

Pour en faire un parfum moins indigne de lui.

Et vous me verrez là, près de vous simple et tendre,

Sans trouble sur le front, dans le cœur sans désir,

Vous parler ou me taire, ou parfois vous entendre
Me blesser dans le vif sans permettre un soupir !
Oubli de l'espérance où se berçait ma vie,
Sublime illusion qu'on réalise au ciel...
Et rien dans votre sort qui réveille l'envie,
Et ma bouche n'aura qu'un pur rayon de miel.

Oui ! vous pouvez ainsi, sur mon front solitaire,
Etaler quelques fleurs comme au chevet d'un mort ;
Sous des flots de parfums dérober le suaire,
Et chanter près de lui quelque pieux accord.

Vous pouvez évoquer de ces doux noms de l'âme,
Qui feraient palpiter la mort dans le tombeau.
Art, gloire et poésie, amour et douce femme,...
Je ne sais,... mais ces noms n'ont plus rien de nouveau.

Quelque sens détourné m'a laissé comme un doute,
Poison subtil et lent qui corrompt tout ici.
Rouille qui tombe épaisse à ces fleurs de la route,
Et malgré moi me force à rêver l'infini.

Illusion flétrie où Dieu vient d'apparaître,
Grand, immense, éternel et seul consolateur,
Et l'âme, qui soudain a reconnu son maître,
Dans le sein des vertus veut cacher sa rougeur.

Elle veut revêtir sa mystique parure

Qui n'est que sacrifice, et prière, et devoir ;

Et comme le soleil, ce roi de la nature,

Descendre à l'horizon dans les splendeurs du soir.

SOLITUDE.

Mon Dieu ! c'est ma voix douloureuse,
Ma tristesse qui monte à vous !
Mon âme, où ma vie est heureuse,
Qui suit votre regard si doux.
C'est le trait qui fit ma blessure
Que j'émousse dans votre main ;

Ce sont les ronces du chemin
Qui font aujourd'hui ma parure.

Je suis heureux d'avoir souffert.
Le tabernacle m'est ouvert
Comme à l'élu de l'espérance.
J'adorai la gloire et l'amour,
Et nul de ces cultes d'un jour
Ne vaut le prix d'une souffrance.

Seigneur, je suis plaintif encor,
Mon vol n'est plus assez rapide ;
Éveillez dans mon âme aride
Les échos de vos harpes d'or !
Donnez-moi les voix du prophète
Et que ma lyre ne répète
Que les mots du souffle inspiré !
Jetez dans mon âme sonore
Ce cri de feu qui la dévore
Comme un holocauste sacré !

Je passe étranger dans le monde,

Je vis seul aux rives des mers ;

L'Océan murmure en son onde

L'accord ténébreux de mes vers ;

Un roc a reçu ma demeure ;

Et si dans le monde, à cette heure,

Luttent les peuples et les rois,

Moi je n'entends dans le silence

Que la vague qui se balance

Avec son éternelle voix !

LA MER.

O mer ! quand je te vois si calme, si profonde,
Dérouler à nos bords les nappes de ton onde;
Quand le soleil se joue à ton flot argenté ;
Quand les chênes vieillis, penchant sur la colline,
Laissent tomber des voix de leur vaste poitrine,
Et que je sens mon cœur doucement agité,

Oh ! ma douleur se tait dans cette heure paisible ;

L'âme avec vous, Seigneur, me semble inaccessible

Aux tumultes sans nom qui troublent son sommeil ;

L'austère vérité resplendit nue et pure,

Et l'âme, en écoutant l'hymne de la nature,

Se nourrit de parfum, de vie et de soleil.

Tout devient un amour qui se change en extase,

Il jaillit des rayons du feu qui nous embrase

En hymnes, en regards, en prière, en soupir ;

On sent comme un délire où l'on n'a que des larmes,

Mais si douces au cœur que les terrestres charmes

N'ont plus rien désormais où s'éveille un désir.

On est heureux de l'âme, ignorant elle-même

Ce qu'elle sent alors, ce qu'elle espère, elle aime,

Mais qui se laisse aller à ce souffle de miel ;

Mystérieux prélude à la joie ineffable

Qui berce quelquefois d'une haleine adorable

Ce front pâle et pensif d'un exilé du ciel !

AU CHRIST.

O Christ ! votre doux nom, en passant sur ma bouche,
La purifie et rend son accent moins farouche ;
Il me semble, en disant cet adorable nom,
Qu'il recèle en lui seul la vie et le pardon.
Nom sacré, nom que j'aime en sentant dans mon âme
Ce qu'il y brûle encor de trop humaine flamme...

Nom qui m'est à la fois douceur et repentir !

Doux lien dont le cœur ne peut se départir,

O Christ! oh! laissez-moi répéter, solitaire,

Ce nom tombé du ciel pour consoler la terre ;

Regard divin qui pleure ou sourit avec nous ;

Parfum mystérieux qu'on aspire à genoux.

Miséricordieuse et sublime tendresse,

Oh! quel crime est plus grand que l'impure faiblesse

Qui sépare le cœur de cet ami divin?

Qui, pour un vain plaisir cueilli sur le chemin,

Renouvelle en son sein sa douleur infinie,

Sa flagellation, sa croix, son agonie ?

O Christ! ô nom qui cache en lui tout un trésor!

Douceur, espoir, amour, et quelque chose encor

Que l'œil ne saisit pas, que n'entend pas l'oreille,

Mais que l'âme étonnée en sa prière éveille.

Saint mystère du ciel entrevu dans les pleurs,

Transfiguration de l'homme des douleurs.

Pourquoi ne pas dresser au Thabor une tente?

Pourquoi dans le désert la marche triste et lente,

La soif et le soleil, les citernes sans eau,

Et pour halte ici-bas n'avoir que le tombeau?

O Christ! vous êtes là quand notre corps succombe...
Ce nom pour nous encor descendra dans la tombe...
Mais au-delà, Seigneur, ce nom a disparu.
Le formidable Dieu, le grand juge a paru.
L'éternité soutient les marches de son trône;
Un foudroyant éclair jaillit de sa couronne;
Sa main droite se pose au livre des destins,
Sa gauche tient sous lui la race des humains...
Il est grand... il est seul... c'est le Seigneur! c'est l'Être!
O Christ! avant ce jour, daignez me reconnaître!

LA NEIGE.

Voici la neige et la souffrance;
Pauvres, hélas! que faites-vous?
Vous laissez tomber l'espérance,
Vous pleurez, sans force, à genoux.
Et nous, riches dans la mollesse,
Nous n'aurons pas une tendresse,

10

Un cri d'amour pour vos douleurs!
Nous irons, tout ivres de fêtes,
Marcher aveugles sur vos têtes,
Insulter du rire à vos pleurs!

Non, mes frères; non, pauvres hommes!
Notre cœur n'est pas sans pitié;
S'il est une joie où nous sommes,
Nous vous en devons la moitié.
Voici, comme première obole,
Une douce et tendre parole
Qui va de mon cœur à vos cœurs;
Qui peut-être, ailleurs entendue,
Ouvrira plus d'une âme émue
Aux saints désirs consolateurs.

Oh! si ma lyre était féconde,
Si ses chants étaient un trésor,
Amis tant oubliés au monde,
Ah! vous auriez aussi de l'or.
De l'or, hélas! c'est de la boue,
C'est un fantôme qui se joue

Du cœur sur sa trace emporté...
Mais vous auriez du pain, mes frères !
Des remèdes à vos misères,
Du travail et la liberté !

O foule oubliée et que j'aime,
Petits qu'on dédaigne ici-bas,
Votre front porte un diadème
Que l'œil de la chair ne voit pas,
Mais la foi du Christ le devine ;
Et sous la couronne d'épine
Qui laisse un sanglant souvenir,
Tout-à-coup le pauvre s'efface,
Et je vois rayonner la face
D'un de ces rois de l'avenir.

O poésie ! ô pur front d'ange,
Dépouille ici ta majesté !
Marche des deux pieds dans la fange,
Fais-toi la sœur de charité ;
Entre où la souffrance t'appelle,
Au seuil où le vieillard chancelle,

Au foyer qui n'a plus de paix...
Et si l'or manque à ta tendresse
Quand un œil te suit en détresse,
Donne ton âme pour bienfaits.

Ton âme est plus que l'opulence ;
L'âme est un asile divin
Où se jette avec espérance
Le prisonnier, et l'orphelin.
O jeunes filles ! jeunes femmes !
Ouvrez ces trésors de vos âmes :
La foi, les larmes et l'amour...
Versez, comme de saints calices,
Ces beaux parfums de sacrifices
Que Dieu saura payer un jour !

Laissez votre fraîche guirlande
Qui sourit au souffle d'hiver,
Effeuiller en légère offrande
Une fleur de son rameau vert.
Oh ! pensez, quand l'heure est plus sombre,
Qu'il est une femme dans l'ombre,

Dévorant son reste de pain,

Qui penche en frémissant l'oreille,

De peur qu'un enfant ne s'éveille

En lui disant : « Mère, j'ai faim ! »

TRÉSOR.

O muse, ma sœur !
Oh ! sois-moi fidèle !
Souffle une étincelle
A mon triste cœur.

Les hommes, mes frères,
Ont pour les tenter
De graves chimères ;
Je n'ai qu'à chanter.

Le monde et la vie
Leur offrent de l'or,
Mais moi je n'envie
Que ton seul trésor.

Chanter avec larmes,
Prier et bénir,
Voilà tous les charmes
De mon avenir.

Grandeur et puissance
Ne sont pas pour moi,
Mais douce espérance
Dans mon humble foi.

Qu'importe qu'on dise,
Ignorant mes maux,
Son âme est la brise
Qui pleure aux tombeaux.

La vie et la tombe,
Couple harmonieux,
Dans ma voix qui tombe
Sont l'écho des cieux.

Exil et patrie,
C'est là mon transport;
Mon âme est nourrie
De vie et de mort.

Mais vie immortelle,
Et non pas d'un jour;
Mort qui me révèle
Où m'attend l'amour.

Oh ! c'est un mystère
Dans le cœur ému,
Qui laisse à la terre
Parfum inconnu.

Passer dans le monde
Comme un pèlerin
Qu'un beau ciel inonde
Le long du chemin.

Aimer, sans le dire,
Quelqu'âme en exil,
De peur de sourire
Au sein du péril.

Mais prier pour elle,
Comme un ange ami,
Qui de sa blanche aile
Se voile à demi.

Et marcher sans cesse
Le mystère au cœur,
Semant la tristesse
Avec le bonheur.

PATIENCE.

Non, mon Dieu ! plus d'amour, plus de rêve sur terre,
Plus de molles clartés qui fascinent les yeux !
L'âme qui croit en vous et qu'un plaisir altère,
Insulte en vous priant la majesté des cieux !
Ce n'est pas pour cueillir les parfums de la vie
Qu'elle est là , soupirant les chants tristes d'exil ;

Si parfois du bonheur une imprudente envie

L'emporte en ses transports,... soudain tout est péril.

Le trouble la saisit comme une main perfide.

Émue et partagée entre mille désirs,

Sa prière s'élève en élan moins rapide,

Et sa foi s'attiédit au souffle des plaisirs.

Oh! le malheur attend le cœur lâche, infidèle,

Qui ne sait pas braver quelques heures d'ennui,

Qui ne croit pas en Dieu, quand Dieu lui-même appelle,

Et ne voit d'avenir qu'au soleil d'aujourd'hui!

Qui porte, impatient comme un coursier sauvage,

Ce joug promis léger à l'humble et doux de cœur,

Et qui soulève en soi comme une mer d'orage,

Quand un obstacle ici s'oppose à son ardeur.

Malheur à qui ne sait que la vie est l'arène,

Où le lion privé des sources du désert,

Doit fléchir son orgueil sur le sable où se traîne

Son long mugissement au milieu d'un concert!

Il est là quelques jours pour amuser la foule,

Docile et l'œil éteint de honte et de douleur.

Son flanc sent l'aiguillon, et du sang noir s'écoule...

Qui le reconnaîtra tout souillé... ce vainqueur?

Dieu... qui voulut ainsi briser l'homme en la fange,

Pour repétrir en lui l'argile révolté,

Pour qu'un nouveau limon laissât sortir un ange,

Et qu'il trouvât sa gloire en son humilité!

SUR LA MORT DE GUSTAVE DE LA NOUE.

Votre âme était belle, était pure,
Frère que j'aimais inconnu ;
Ah ! pour le ciel elle était mure,
Béni soit Dieu qui l'a voulu !

11

Mais en écartant toute plainte,
Il nous est permis à genoux
De vous envier, âme sainte,
De pleurer en pensant à vous.

Oh! la vie est si solitaire
Au cœur qui se nourrit de foi!
Sa course errante sur la terre
Trouve si peu d'abri pour soi!

Tant de clameurs et d'ironie,
De mépris pour toute douleur!
Tant d'oubli, de froideur impie
Pour le front sacré du malheur!

Sans doute bien souvent votre âme
Étouffa ses parfums le soir,
Comme l'obscure et chaste flamme
Qui brûle au fond de l'encensoir!

Vous aviez pourtant de ce monde,
Bravant la gloire et le péril,
Jeté de votre voix profonde
Des chants bien-aimés dans l'exil !

Vous aviez foi, ferme espérance,
Cœur aimant et plein d'avenir,
Heureux et fier dans la souffrance
Comme un chrétien qui sait mourir.

Que n'ai-je mêlé ma prière
Aux pleurs de vos amis en deuil !
Senti se mouiller ma paupière,
Tout près de votre blanc cercueil !

Jeune homme que la mort efface
Comme un beau lis à son matin,
Mais dont on suit encor la trace
Au soufle embaumé du chemin,

N'avons-nous pas là votre exemple,
Votre place vide au saint lieu ?
Et notre âme qui vous contemple,
En vous ne sent-elle pas Dieu ?

Oui ! c'est sa main forte et fidèle
Qui vous coucha sur votre lit,
Et quand sonna l'heure éternelle,
Comme un fruit parfait vous cueillit.

Les larmes vont mal à la tombe
Où reposent tant de vertus :
Quand ici le chrétien succombe,
Qu'est-ce donc ?..... Un ange de plus.

RÊVE.

N'aurai-je pas un jour une retraite obscure,
Où mon nom mort au monde, et mon cœur avec lui,
Trouvera dans l'emploi d'une vie humble et pure,
La paix fille du ciel, qui loin de l'homme a fui?
Un chaume tapissé d'une vigne nombreuse,
Sur un coteau planté de hêtres et d'ormeaux,

Une prairie auprès dans la vallée ombreuse,
Où roulent dans les fleurs de murmurantes eaux.
Là, non loin du rocher où la chapelle antique
Élève entre deux pins, sur un clocher gothique,
La croix de fer où joue un des rayons du soir,
J'aimerais, entouré d'une haie épineuse,
Un jardin tout petit qui, sous ma main soigneuse,
Deviendrait mon dernier et mon unique espoir.
Ma femme auprès de moi tissant la blanche laine,
Mes filles rapportant la jatte encore pleine
Du lait pur apprêté pour le repas commun;
La table au cœur de chêne au-devant de la porte,
Et, pour dernier bienfait, la prière qui porte
Avec la nuit aussi son suave parfum.
Qu'il est doux d'oublier ce qui n'est que mensonge!
De n'attendre ici-bas que l'heure de la mort!
De sentir son esquif comme un cygne qui plonge
Dans l'océan d'amour qui conduit vers le port!
Que faut-il donc à l'homme exilé sur la terre?
Un peu de nourriture, un simple vêtement,
Un peu d'air, un fruit mûr, une eau qui désaltère;
C'est assez pour sa vie, il doit être content.

Et le jour qui sourit à son front qui s'éveille,

Lui montre le travail debout à son chevet,

Et bientôt il reprend l'ouvrage de la veille,

Et de saintes sueurs tout son corps se revêt.

Il adresse au Seigneur sa première pensée;

Il visite le pauvre et revient tout béni;

Chaque heure allant au ciel est une heure pressée

D'apporter son tribut quand le jour est fini.

O douceur! pauvreté, prière, pénitence,

Manne obscure de Dieu qu'on recueille avec soi,

O trésor du Chrétien, ô ma sainte espérance!

Quand donc, rayon du ciel, brilleras-tu pour moi?

CANZONE.

Quand je rêve de toi
Toujours, ma bien-aimée,
Ma lyre est embaumée;
Le voile de ma foi

Flotte en paix sur mon âme
Et consacre ma flamme
Quand je rêve de toi!

A la chute du jour,
J'aime bien le silence,
Car l'heure qui s'avance
Semble me dire : Amour!
Amour pur sur la terre,
Rêve du solitaire
A la chute du jour.

J'aime bien mon rocher
Dans la baie isolée
Où mon âme exilée,
Comme l'errant nocher,
A ployé sur sa rive
Sa voile si plaintive,
J'aime bien mon rocher.

J'aime un endroit désert
Au détour de la grève

Où souvent un doux rêve
Vient charmer mon concert;
Où j'écoute, attendrie,
Une voix si chérie;
J'aime un endroit désert.

Je crois bien au bonheur;
Longtemps dans la souffrance
Je portai l'espérance
Comme un poids sur mon cœur;
Je cherchais dans la vie
Le fer qui l'eût ravie;
Je crois bien au bonheur.

Je crois bien à l'amour,
Non l'amour qui caresse
Le matin, et qui blesse
Avant la fin du jour,
Mais l'hymne de louanges
Que préludent deux anges;
Je crois bien à l'amour.

J'aime à chanter le soir,

A chanter à l'aurore;

J'aime à bénir encore,

Quand, las, je vais m'asseoir

Sur quelque banc de hêtre,

Où seul, à ma fenêtre,

J'aime à chanter le soir.

A UNE MÈRE

SUR LA MORT DE SON ENFANT.

J'ai vu votre front pâle et dans vos yeux des larmes,
Et dans le cœur encore un plus pesant soupir.
Pauvre mère! Oh! la vie a dépouillé ses charmes
Pour voiler de son deuil vos beaux jours d'avenir;
Et vous pouvez à peine arrêter la tristesse
Qui, malgré vous, s'épanche à ce jeune tombeau;

Et lorsque de ses bras un enfant vous caresse,
Vous vous dites : Hélas! il serait aussi beau!
Pauvre enfant... Ah! son aile évita les orages!
Il a fui d'un seul trait dans le sein du bonheur;
Mais il laisse après lui, sur ce lointain rivage,
Celle qui vit briser cette part de son cœur.

Et la douleur est là comme un spectre dans l'âme...
La douleur est bien lourde appuyée au chevet,
Quand elle met son doigt dans le fond du dictame,
Et que d'un crêpe noir sa tête se revêt.

Mais osez cependant, sans détourner la vue,
Regarder ce fantôme où le cœur se troubla,
Et, du frisson bientôt votre âme moins émue,
Sentira que du ciel un saint mystère est là;
Qu'il est quelque rayon d'amour pur dans les peines
Qui nous jettent soudain sur le lit des douleurs;
Que la main qui flétrit nos espérances vaines
Féconde aussi la paix qui germe sous les pleurs.

Et la paix est le bien le seul réel au monde,
Que Dieu donne à celui qui ne demande rien;
Et puis cette douceur dont le cœur surabonde
Quand on sait ce que vaut la souffrance au Chrétien.

Ces bienfaits révélés dans le secret des larmes,

Comme ces fleurs offrant leurs parfums à la nuit;

Et cependant encor d'autres biens pleins de charmes,

Qui reluisent plus purs lorsque l'orage fuit.

Quand le soleil d'avril, au rayon d'espérance,

Aura de ses trésors semé votre chemin;

Que votre doux enfant, au regard d'innocence,

Viendra pour y marcher vous prendre par la main;

Oh! vous contemplerez son gracieux sourire,

Et sa petite voix vous ira dans le cœur,

Et toute larme alors en secret voudra dire :

« Oh! vous m'avez, mon Dieu, réservé du bonheur! »

COURAGE.

Sois ma force ici, mon ardeur,
Attache à mon bras la faveur
Qui donne du cœur dans l'arène;
Anime du regard mon œil étincelant,
Et que mon casque, orné de son panache blanc,
Dans le sable jamais ne traîne!

12

Que mon âme se trempe avec le pur acier;

Que la trompette sonne au chevet du guerrier

　　Et jamais la lyre amollie...

Que mon front, rejetant les coussins de velours,

S'endorme sur la dure, et repose toujours

　　Sur son épée enorgueillie !

AU CHATEAU DE M.

Quelles sont tristes tes tourelles,
Vieux château noirci par les ans,
Où les petits des hirondelles
Exhalent des cris gémissants;
Où l'on cherche la place vide
De celle qu'un souffle homicide

A dévorée avec sa fleur,
Avant que sa tige si douce
Eût laissé briller sur la mousse
Son front de céleste pâleur !

Qu'elles sont tristes tes allées !
Que le pas est pesant sous leurs abris épais !
Lac, ombrage, rocher, vos voix s'en sont allées...
Plus d'écho qui redise à vos vertes feuillées
Ce nom effacé pour jamais.

Nom que je cherche en vain sur une écorce d'arbre;
Et qui n'est plus, hélas! gravé que sur un marbre,
Marbre, noir cachet du tombeau...
Nom qui revient au cœur alors que le silence
D'espérance et d'amour vous charme et vous balance
Comme un enfant dans son berceau.

HODIÈ MIHI, CRAS TIBI.

O mort ! redoutable agonie !
Heure de silence et de nuit,
Où toute espérance est finie,
Où tout amour humain s'enfuit.

Un prêtre seul près de la couche,
Une garde à deux pas de vous ;
Et l'affreux râle sur la bouche,
Et quelques amis à genoux.

Et la prière lente et sombre,
Prière des agonisants ;
Et voir en ses rideaux une ombre
Qui s'épaissit sur tous vos sens.
Les yeux se vitrant immobiles,
Les dents se rapprochant soudain,
Ce corps aux désirs inutiles,
Qui sera cadavre demain.

Et le linceul sur cette face
Où l'œil n'ose plus s'arrêter ;
Et la châsse auprès dans la place,
Que deux hommes vont emporter.
Et le corps roidi qu'on enferme
Dans la bierre à coups de marteau,
Et la fosse qui se referme,
Quand elle a reçu ce fardeau.

Et les pleurs ensuite, et les plaintes ;
Mais hélas ! le temps et l'oubli...
Quelques âmes, seules atteintes,
Dont les fronts garderont un pli.
Mais le reste,... foule oublieuse ;
Et même en ces cœurs pleins d'amour,
Une heure attendrie et pieuse...
Et la mort les frappe à leur tour.

Et la solitude est immense...
La gloire et l'amour un néant.
L'âme ici bas n'a de science
Que ce qu'elle apprend en mourant.
Heureux qui le voit à sa porte,
Comme au seuil de l'éternité,
Ce long squelette qui lui porte
Le miroir de la vérité !

CHANT DE MORT.

Élevez-vous, ô mon âme !
Rachetez vos jours perdus,
Étouffez bien toute flamme
Dont les sens sont éperdus ;

Laissez l'ombre mensongère ;
A qui n'attend qu'un tombeau ;
Pour vous, sublime étrangère,
Il faut un amour plus beau !

Il faut le nom de patrie,
Et les champs d'éternité ;
La palme toujours fleurie,
Et l'immortelle beauté.
Il faut les rayons de gloire
Et le chœur des harpes d'or,
Les splendeurs de la victoire,
Et Dieu pour dernier trésor.

Que m'importe que l'on m'aime !
On n'aime qu'un moribond.
Ce front va devenir blême,
Ces yeux vitrés jusqu'au fond.
Mais mon âme, ô Dieu ! mon âme
Qui s'élance avec transports...
Amis, versez sur sa flamme
L'huile qui bénit les morts.

Suivez-la jusqu'à la tombe,

Jettez la terre dessus.

Que ce bruit du corps qui tombe,

Quand vous ne l'entendez plus

Vous revienne à la pensée,

Et que vos cœurs inquiets

Disent : La vie est passée ;

N'est-il pas d'autres secrets?...

Tout finit-il avec elle ?

Regardez bien dans ce deuil ;

Voyez-vous quelqu'étincelle

S'échapper de mon cercueil?

Non ! nul éclat sur la pierre,

Le silence est tout autour...

Mais l'amour et la prière,

Où sont-ils donc en ce jour ?

A M. DE K.

Je ne sais si blessée aux traits de l'harmonie,
Votre âme dans les vers a parlé quelquefois;
Si cette sœur du ciel, toujours sainte et bénie,
A mêlé dans vos pleurs sa voix à votre voix?
Je ne sais si ce front, d'une tristesse austère,
Où quelque chose imprime une mâle fierté,

A parfois respiré par de-là cette terre,

Ces parfums du séjour de l'immortalité ?

Ah! quand tout ici-bas sourit et nous enchante,

Que tous nos jeunes ans se couronnent de fleurs,

Notre cœur enivré cherche une vie ardente,

Et nous foulons aux pieds la poésie en pleurs.

Mais elle est là pourtant, qui se voile en silence,

Sans se lasser jamais d'attendre près de nous ;

Et lorsque la douleur abat notre espérance,

Elle pleure dans l'ombre ou bien prie à genoux.

Qui n'a pas entendu cette voix dans son âme,

Ne sait ce qui se passe entre son âme et Dieu ;

Ce cri mystérieux, cet élan, cette flamme,

Ce soupir qui se mêle à l'encens du saint lieu,

C'est toi, ma Poésie, ô chaste sœur des anges!

Tu portes les doux noms de foi, d'espoir, d'amour,

Tu n'as que saints accords et célestes louanges,

Comme une harpe d'or de l'éternel séjour.

Maudit soit qui n'a pas de larmes en prière,

Qui n'a pas exhalé son cantique au Seigneur !

Qui garde ici son cœur aussi froid qu'une pierre,

Et n'a pour tout accent qu'un sourire moqueur.

Ah ! c'est un cœur flétri !... c'est un signe funeste
Qu'il porte sur le front comme un déshérité...
Rappellez-le, mon Dieu ! de crainte qu'il ne reste
Sans sa part des trésors de votre éternité !

Mais vous... ce n'est pas vous qui dédaignez la lyre,
Et ces hymnes pieux qui soulagent le cœur,
Vous qui depuis huit ans souffrez un long martyre,
Et courbez votre front sous la main du Seigneur.
Oh ! j'aime à rencontrer de ces âmes souffrantes !
Pardonnez ; mais mon cœur est dépris d'ici-bas,
Tant de fois il sentit ces larmes déchirantes,
Qui restent comme un flot qui ne s'écoule pas !
Tant de fois, il s'est dit : « Mon Dieu, pitié de grâce !
« Je souffre, vous voyez, sans lâches désespoirs ;
« Faites que votre main, en un moment efface
« Ce voile épais et lourd qui couvre tout mes soirs ! »
Car j'avais comme vous de ces heures funèbres,
Où l'âme ne sait plus s'il lui reste un appui,
Où tout semble à la fois défaillance et ténèbres,
Sans lueur d'espérance au plus mortel ennui !

Et soudain ce moment passait comme un vain songe,

Et sinon le bonheur, je trouvais quelque paix,

Et je disais en moi : « La vie est un mensonge,

« Sans trop compter sur elle, attendons désormais! »

Et l'onde de mes jours redevenait limpide,

Ne demandant plus rien, le ciel était d'azur,

Et je sentais un souffle , enflant ma voile humide,

Qui la poussait sans trouble à quelque bord plus sûr.

Et pourquoi votre front, sillonné de la foudre,

N'oserait-il encor s'élever vers le ciel?

Pourquoi resterait-il abattu dans la poudre,

N'espérant plus goûter aucun rayon de miel?

Êtes-vous un enfant perdu dans la famille

Que Dieu doit rassembler dans sa demeure un jour ,

Si le sein paternel veut rappeler sa fille ,

Irez-vous le braver jusque dans son amour?

Mais elle était à vous... on vous arrache l'âme ,

On vous jette, exilé de vos rêves bénis..,

Mais qui doit l'emporter de cette humaine flamme ,

Ou des desseins secrets des siècles infinis?

Qu'êtes-vous devant Dieu, pour oser une plainte?

Malheureux, dites-vous, c'est l'excuse à son cœur...

Aussi ce cœur vous aime, et vous pouvez sans crainte

Lui dire : « J'ai besoin d'un rayon de bonheur !

« Je suis faible, mon Dieu, je n'ai pas dans mon âme

« De ces puissants échos de l'éternel concert.

« Mon cœur saigne et demande un terrestre dictame,

« Je ne puis suivre seul la colonne au désert.

« Oh! donnez, ô mon Dieu, quelque manne divine !

« Un peu d'eau pour ma soif de l'aride rocher.

« Que sans trop hasarder, mon œil un peu devine,

« Sous son ciel obscurci, l'étoile du nocher. »

Et confiant, et calme, et soumis dans ce monde,

Vous la verrez briller d'un éclat inconnu,

Et l'espoir, ce reflet d'une aurore féconde,

Reparaîtra pour vous quand tout était perdu.

Oui! croyez, espérez, aimez quand tout vous blesse;

Que nul doute jamais n'irrite la douleur;

Que la main du Seigneur vous frappe ou vous caresse,

N'ayez jamais qu'un cri : « Je vous bénis, Seigneur! »

Eh! ne savez-vous pas que c'est la main d'un père?

Qui vous a donc jeté dans cette ombre d'un jour?

Qui vous voit, vous nourrit, vous suit sur cette terre,
Et vous touche du doigt quand viendra votre tour?
Dieu ! c'est lui ! c'est sa main !... qu'elle est forte et fidelle !
Comme elle anéantit quand on rêve d'orgueil !
Mais aussi, qu'elle est douce et quel charme est en elle
Quand elle a soulevé quelque pauvre âme en deuil !
Ah ! c'est l'enfant bercé sur le sein de sa mère.
Il pleure, mais elle a de quoi le consoler...
Tout en elle est amour et céleste mystère,
Et nul souffle en ce lieu n'ira le désoler.
Approchez donc, ami, de la source d'eau vive,
Puisez à l'espérance, et puis revenez-nous.
Un ange est là pour vous sur sa lointaine rive
Demandant au Seigneur qu'il ait pitié de vous.

A E.

Quand je vois ton front pâle où quelque rose à peine
    Brille un moment pour se flétrir;
Quand ton sein, haletant sous sa brûlante haleine,
    A besoin de voix pour gémir.

Quand ils disent des mots qui trompent ton oreille,
 Et n'ont nul écho dans le cœur,
Et que ton long regard, comme un flot qui sommeille,
 Se glace et se ferme au bonheur.

Oh! je suis triste alors, et je sens en mon âme
 Des accords s'épancher pour toi.
Je voudrais, je voudrais, comme un divin dictame,
 Te donner un peu de ma foi.

Un peu de cet amour parfumé d'innocence
 Que colore un rayon plus pur,
Un peu de cette paix qu'on appelle espérance
 Et qui berce en des flots d'azur.

Je voudrais.... mais, silence! et que fais-tu, ma lyre?
 N'as-tu pas effacé son nom?
Tous ces pleurs dédaignés, cet adieu qui déchire,
 L'aurait-elle oublié?... Non! non!

Et je veux que mon front, voilé de son nuage,
    Soit pour elle un objet d'ennui ;
Qu'elle puisse, heurtant mon bras sur son passage ;
    Se dire froidement : C'est lui !

Qu'elle entende, distraite, expirer dans le monde
    Un nom qui la fit palpiter ;
Que l'oubli de son cœur s'échappe comme une onde
    Qu'un caillou ne peut arrêter.

Et le soir cependant, rêveur et solitaire,
    J'irai penser à son destin...
Et mes yeux, malgré moi s'inclinant sur la terre,
    Mouilleront de pleurs son chemin.

BESOIN DE PAIX,

O mon Dieu! conservez cette paix dans mon âme;
Je l'ai trouvée enfin au fond de la douleur.
Ne cherchant plus ici d'inutile dictame,
La mort comme un soleil illumina mon cœur;
Soleil, doux messager de la divine aurore,
Que nos lâches terreurs couvrent d'un voile épais,

Mais qui de rayons purs nous inonde et colore

Ce front où la douleur effaça toute paix.

Oh ! quel profond repos quand on ne veut au monde

Que la voix qui révèle un immortel amour !

Quand tous les vains désirs, fugitifs comme l'onde,

En légers flots d'encens s'éteignent tour-à-tour,

Qu'on a dit, en frappant son front dans la poussière :

« O mon Dieu ! punissez, purifiez mon cœur ; »

Et qu'on l'a relevé, couronné de lumière,

Humble et fier à la fois, douloureux, mais vainqueur.

Conservez-moi, mon Dieu ! (car mon âme est fragile)

Ce repos dans la vie où rien ne sourit plus,

Et qu'à tous vos bienfaits mon regard immobile

Bénisse avec des pleurs ces trésors superflus.

Que je sente la main qui me suit dans la foule

Comme un enfant chéri qu'on craint de voir blessé ;

Et que mon cœur jamais ne brise et ne refoule

Cette marque où du ciel un reflet a passé.

Plus de plainte, ô mon Dieu ! mais plutôt des cantiques ;

Ma vie où j'ai souffert est un laurier pour moi.

Mes accents, accueillis des harpes angéliques,

Retombent en concert d'amour pur et de foi.

Le désir du bonheur est vaincu sur la terre...
Si de pâles débris surnagent à l'entour,
C'est quelque reste encore à mon bord solitaire
Que l'Océan emporte et garde sans retour.

La foi rude et parfois d'apparence plus sombre,
Se lève et se répand comme un voile de nuit;
Mais l'étoile a soudain jailli du sein de l'ombre,
Et l'espoir avec elle au cœur simple reluit.

Simple de foi, d'amour, de vie et de pensée,
Ne sachant ni tromper, ni se faire meilleur,
S'ouvrant comme une fleur à l'aurore encensée,
Et se fermant le soir au souffle du Seigneur.

Simple et ne cherchant plus qu'à s'oublier au monde,
Sans désirer qu'on l'aime, attentif à ses pas,
Sans vouloir que son âme apaisée et profonde
Éveille un autre écho qui ne tromperait pas...

Simple en vous, ô mon Dieu! qui nous restez fidelle,
Qui nous montrez de loin le seul et vrai bonheur;
Qui laissez ici-bas, de la source éternelle,
Couler quelques ruisseaux où s'abreuve le cœur.

Oh! vous avez ainsi versé dans mon calice
De cette eau de la grâce où l'arôme et le miel,

Mêlant leurs doux parfums au feu du sacrifice,
Confondent par instant la terre avec le ciel.
Laissez-la-moi, mon Dieu! cette paix ineffable
Qui ne demande plus que mort et charité,
Qui pour l'homme ne sent qu'un élan secourable,
Et nourrit son amour pour votre éternité.

CANZONE.

Le soir est doux quand la veillée
Succède aux longs travaux du jour ;
Quand d'enfants la troupe éveillée
Folâtre à nos regards d'amour.

Le soir est doux, quand de l'orage
Quelque pauvre à peine échappé,
Passant près de l'humble hermitage,
Au seuil en vain n'a pas frappé.

Le soir est doux, quand la prière
Apaise les soupirs du cœur,
Et quand, en fermant sa paupière,
On donne à Dieu tout son bonheur.

L'AVEUGLE.

Je passais au galop sur mon arabe blanc.
C'était un soir d'été, revenant de la ville,
Je regagnais tout seul ma retraite tranquille,
Et je ne sais pourquoi mes yeux voyaient le sang
Que l'homme avec fureur répand dans les batailles,
Ces membres dispersés, ces vastes funérailles,

Les éclats, les débris, le meurtre sans remords,
Et mon cheval bondir sur des monceaux de morts.
Et voilà qu'au milieu de cette ardeur si belle
J'entends distinctement une voix qui m'appelle ;
Je me détourne et vois, à l'angle d'un chemin,
Un enfant qui supplie en étendant la main.
Que fais-tu seul ici, lui dis-je ? Oh ! j'ai mon père.
Où donc ? Il est là-bas, assis sur une pierre.
Mène-moi près de lui, va vite seulement.
Et déjà je marchais sur les pas de l'enfant.
Et bientôt, un vieillard au front creusé de rides,
Sous un grand châtaignier ombrageant une croix,
M'apparut... comme au bord de nos forêts parfois,
Se montraient vers la nuit nos antiques Druides.
Il parlait aux enfants qu'il avait à l'entour,
Et chacun à sa voix répondait à son tour.
Je compris que ce pauvre, en son ombre fertile,
Distribuait ainsi le pain de l'Evangile.
Craignant de l'interrompre en avançant encor,
Je revins tout-à-coup, lui jetant un peu d'or.
Mais plus féconde au cœur qu'une douce rosée,
Une grâce divine en moi fut déposée ;

Je sentis s'échapper des larmes de mes yeux,
Je pensais à la gloire, aux soins ambitieux,
A tant de cultes faux, aux plaisirs, aux richesses,
A ces rêves sans fin de toutes nos faiblesses ;
Et ce vieillard aveugle à la croix de granit,
Qui passe là ses jours, qui souffre et qui bénit,
A de pauvres enfants enseignant le symbole,
Comme un flambeau qu'entoure une blanche auréole,
Me paraissait plus grand qu'un roi dans son palais,
Plus heureux qu'un César, plus riche dans sa paix
Que la foule de ceux que flatte la fortune,
Qu'un regard fait trembler, qu'une plainte importune.
Et m'en allant, rêveur, sous l'ombre du coteau,
L'heure semblait plus calme au clocher du hameau.
J'aurais voulu trouver, pour abri sur la terre,
Loin, bien loin, une grotte asile de mystère ;
De la mousse à l'entrée, un clair ruisseau dedans,
Et près d'elle un dattier aux suaves présents.
N'est-ce donc pas assez, pour suffire à la vie,
Qu'un ruisseau, quelques fruits, un rocher protecteur?
De briller un matin l'humble fleur est ravie,
Et nos jours ici-bas sont-ils plus qu'une fleur ?

Et la mer qui montait lentement au rivage,

De Dieu, de l'infini me présentait l'image,

Et m'offrait dans son flot l'homme et sa vanité,

Qui se brise au tombeau, seuil de l'éternité!

NUAGE.

Pourquoi, dans ton silence, et sous ton voile, ô soir !
Pourquoi sur le rocher, où j'aime tant m'asseoir,
  Rêveur à d'invisibles charmes !
Pourquoi, triste et souffrant, dans les clameurs du jour,
Mon cœur savoure-t-il comme un rayon d'amour
  Qui s'éteint sous de douces larmes ?

14

Ce n'est point un rayon fugitif et mortel ;
C'est un reflet caché sous l'ombre de l'autel ,
    Qui se trahit à l'œil de l'âme ;
Car votre nom , mon Dieu ! qui résonne en mon cœur,
Me révèle soudain un secret de bonheur ,
    Comme au sein des nuits une flamme.

Et je voudrais , hélas ! une plus forte voix ;
Je voudrais des accents qui languissent parfois
    Sous des étreintes de tristesse.
Je sens que je vous dois , ô mon Dieu ! mille vœux ;
Mais lorsqu'en bénissant, je dis : Je suis heureux !
    Ce mot là retombe et m'oppresse.

Et pourtant , que de paix dans tes heures ; ô soir !
Quel calme ! quel oubli ! quel air si pur d'espoir
    Je respire à pleine poitrine !
Que d'amour dans le cœur qui se nourrit de foi !
Quelle force, Océan, on se sent près de toi,
    Quand devant ton maître on s'incline !

DANS MA CELLULE DE P.

Simple et petit réduit, où sur un lit de chêne,
Que semble protéger un crucifix d'ébène,
Je cherche après le jour quelque peu de sommeil,
Verse-moi dans le cœur ta paix et ton silence.
Endors-le dans l'oubli... Que la sainte espérance
S'assoie à mon chevet, et m'embrasse au réveil !

Oh ! j'ai prié le soir à l'obscure chapelle !
Et tout seul à l'autel où la lampe étincelle,
Mes yeux se sont levés humides et fervents ;
Et ce cher souvenir qu'obscurcissaient des larmes,
S'est surpris attentif à d'ineffables charmes,
Comme une harpe d'or à de divins accents !

INTÉRIEUR.

La cloche retentit avant la sixième heure ;
Je me lève , et bientôt je quitte ma demeure
Pour aller commencer tous les travaux du jour.
La prière d'abord , comme un tribut d'amour,
Qu'ensemble nous disons à la blanche chapelle,
Et puis les serviteurs que chaque soin appelle ;

Les troupeaux que le pâtre emmène en leur vallon,
La herse qui déchire un pénible sillon,
La hache qui d'un coup abat la branche morte,
Et les troncs dépouillés qu'un char rustique apporte.
Et le chêne et l'ormeau, frais abris du chemin,
Que je taille moi-même et plante de ma main;
Et le pauvre qui vient, sa besace encor vide,
Et me donne en passant un sourire timide;
Et dans la grande salle au foyer pétillant,
Une table où se montre un apprêt bienveillant,
Un modèle accompli de vertus domestiques,
Ue femme élevée aux préceptes antiques
De dévoûment, de foi, de devoir et d'amour;
Et comme un pampre vert, des enfants à l'entour,
Mêlant à nos discours quelque vive parole...
Et la harpe éveillée, à la voix qui console.
Mais bientôt, oubliant ces rapides bienfaits,
Je regagne l'asile où réside la paix,
Sanctuaire où la foi, l'étude et la prière,
Me baignent tour à tour de leur pure lumière,
Où devant l'Océan, qui murmure à mes pieds
Pendant que l'heure passe, en rêvant je m'assieds.

Et là je sens, hélas! ce qui manque à la vie...

Ce souffle qui me brise et qui me fait envie,

Ce pur regard du ciel que mon âme a compris;

Et soudain, malgré moi, la haine ou le mépris

S'attache à tous ces biens dont la douceur me blesse;

Je savoure à longs traits ma profonde tristesse,

Je demande à ma lyre un douloureux accord,...

Et je jette mon âme au sombre flot du bord

Qui la berce en sa plainte et la souille d'écume.

Et c'est ainsi, mon Dieu! que ce cœur se consume;

Ce cœur que vous avez marqué de votre sang,

Qui, coupable,... par vous redevint innocent...

Qui, bien jeune, vainquit les délices du monde,

Et qui, souvent encor, de votre amour s'inonde.

Et pourtant le travail, la prière et la foi,

Image insaissable, expirent devant toi!...

Je ne sais, lorsque l'âme est près du sacrifice,

Quel démon sent en elle un perfide complice?

Mais la puissante voix qui rejette son nom,

Trouve dans le secret un écho qui dit : Non!

Jour et nuit éprouvée, et toujours combattue,

Mon âme cependant n'en est point abattue.

Le lâche désespoir qui me froisse le front,

Irrite le désir de venger un affront.

Je connais cette main qui nous fait la blessure,

L'ennemi qui soulève une révolte impure;

L'ange à l'œil envieux, au front cicatrisé!...

Et mon cœur devant lui tout sanglant et brisé,

L'insulte et le défie, et l'attend sans alarmes.

Si, sur ma joue encore il coule quelques larmes,

C'est la honte, l'amour, la colère et la foi,

Souffle tempétueux qui s'agite dans moi;

révolte de sentir son âme dans la boue,

Son âme, ange dont l'aile à l'air du ciel se joue,

Et que replie en lui ce corps, fangeux limon,

Ce corps qui la flétrit dans ses jours de prison;

Ce corps qui doit briller de splendeur éternelle...

O mon Dieu! jetez-moi la féconde étincelle

Qui rallume l'encens séché par la douleur!

Que j'aie un seul élan, un seul accent, Seigneur!

Un cantique d'extase et d'ivresse infinie!

Que ma souffrance ici soit à jamais finie!

Que le ciel tout entier se déroule à mes yeux!

Que des chœurs immortels les chants harmonieux,

Inspirent à mon luth tous ses hymnes sublimes !

Que mon âme se plaise à planer sur les cîmes !

Qu'elle essaie en son vol ses champs de liberté !

Qu'elle aspire le jour de son éternité !

Qu'elle passe sur l'homme en un souffle de flamme,

Qui le brûle et réveille en lui-même son âme !

Que mon corps pénétré comme le fer du feu,

N'ait plus pour tout éclat que votre amour, mon Dieu !

PARIS.

Je ne sais, ô Paris! si ton souffle me pèse;
Si quelque chose en toi, quand mon âme s'apaise
    A ses propres accords,
Agite plus ardent le feu dans ma poitrine,
Et fait vibrer plus haut, sur ma corde divine,
    D'impétueux transports?

Je ne sais si ce bruit qui hurle sur ma tête,

Si ce peuple en émoi comme un flot de tempête,

  Si ces traits de soleil

Qui tombent lourds et chauds sur tes places publiques;

Si tes pavés sonnants, tes cloches, tes musiques,

  M'arrachent le sommeil?

Mais rarement mon œil peut fermer sa paupière;

Le soir s'est abaissé... L'aile de la prière

  A passé sur mon front;

Et mon front sur ma main lentement se redresse,

Et je sens dans la nuit comme un bras qui me presse

  De laver un affront.

Et je m'en prends à toi, Paris, à tes entrailles

Plus dures que le fer devant les funérailles

  De tes enfants morts-nés;

Je m'attache à tes flancs de pierre et de colonnes,

Et je voudrais broyer tout l'or de tes couronnes,

  Tous tes fleurons fanés.

Je voudrais comme un aigle, aux ailes symboliques,
M'abattre en frémissant aux vieilles basiliques;
    Et jeter de grands cris,
Planer, planer longtemps sur tes vastes coupoles,
Et, comme un trait, lancer de ces rudes paroles
    Dont les cœurs sont meurtris.

Je voudrais, sous la pourpre et les rideaux de soie,
Saisir dans leur ivresse et le rire et la joie,
    Et leur dire : C'est moi !
C'est moi qui vous étreins d'une main de colère,
Moi si connu de vous, moi votre jeune frère
    Qui vous vendis sa foi.

Je voudrais effleurer de mon aile livide
Ces lèvres de corail où la langueur réside,
    Source de volupté;
Je voudrais, arrêtant le char noir qui l'emporte,
Montrer à tous les yeux cette figure morte
    Qu'on appela beauté.

Je voudrais, sous le dôme et les hautes arcades,

Dans les palais dorés, les longues promenades,

    Semer de grandes voix...

Des échos qui diraient et rediraient sans cesse :

Que Dieu voit tout ici, que l'éternité presse,

    Qu'on ne meurt qu'une fois !

ADIEU.

Adieu, Paris; adieu, je te salue encore !
Adieu, cadavre où vit le ver qui te dévore,
    Je m'éloigne de toi.
Je cours à l'Océan dont le souffle m'entraîne,
Et devant lui je veux mesurer dans l'arène
    Ton orgueil et ma foi.

Je veux, athlète nu, sans casque et sans armure,
M'élancer d'un seul bond dans la lice où je jure
    De relever le gant;
Car je porte en mon âme une force indomptable,
Et, dussé-je vingt fois me briser sur le sable,
    J'aurais encor du sang.

Adieu, porte avec toi mes dernières paroles;
Grave-les sur l'airain, au haut de tes coupoles,
    Pour frapper tout regard;
Car c'est noble défi d'un cœur plein d'espérance,
C'est sur les noirs débris d'une ruine immense
    Un brillant étendard.

C'est la voix du Seigneur qu'il souffle dans mon âme,
Qui me glace d'effroi comme une faible femme
    Près d'un lit de mourant;
Qui m'élève, m'abat, remplit ma vie entière,
Et m'arrache pour toi cette ardente prière
    Que j'épanche en pleurant.

Je pleure, hélas! longtemps, je pleure sur mes frères,
Mes frères engloutis sous ces vagues amères
    De dégoût et d'ennui;
Qui n'ont plus sur le front que des lueurs livides,
Quelques froides clartés, comme ces temples vides
    Dont le Dieu s'est enfui.

Et moi, je le sens là, dans mon cœur qui me presse
De prier, de bénir, de l'invoquer sans cesse
    Pour eux dans leurs douleurs;
De crier : Écoutez, écoutez mes cantiques;
Relevez à ma voix vos fronts mélancoliques :
    Il est encor des pleurs!

Il est de vifs éclairs qui sillonnent la nue,
Qui dévoilent soudain la splendeur inconnue,
    L'éternelle beauté...
L'espérance qui plane au-dessus de la tombe,
Qui, pour quelques soleils où le corps sèche et tombe,
    Donne l'éternité.

APPEL.

Venez autour de moi, vous qui sentez votre âme,
　　Vous qu'irritent les jours,
Formons un océan indomptable, et ma lame
　　Avancera toujours.

Allons!... jetons en chœur de sublimes pensées,
        Flots d'un sublime espoir,
Relevons sous nos pieds ces tiges affaissées,
        Jeunes et près du soir.

Disons-leur pleins d'amour, car ils sont tous nos frères,
        Que nous avons souffert,
Que le même vautour étreignit dans ses serres
        Notre cœur entr'ouvert.

Qu'il y but tout le sang de cette plaie impure,
        Et se dressant soudain
Tout ivre... qu'il jetait un cri sur sa pâture,
        Comme un sarcasme humain.

Disons-leur que l'amour à notre jeune vie
        Versa toutes ses fleurs,
Et que l'âme, longtemps à son joug asservie,
        N'y trouva que douleurs;

Que nous avons pesé de l'or et de la boue
  Dans une main de fer,
Que nous avons senti du frisson à la joue,
  Et dans l'âme, l'enfer !

Que nous avons pleuré, pleuré toutes nos larmes,
  En blasphêmant un Dieu,
Et qu'un souffle du ciel abattit nos alarmes
  Sur le seuil du saint lieu.

Disons-leur que la foi n'est pas morte, que l'âme
  Trouve en elle son pain,
Et que partout ailleurs elle souffre et se pâme
  Et de soif et de faim.

Disons-leur donc d'aimer, de bénir et de croire,
  De croire à l'Éternel...
Et que de l'homme ici le bonheur et la gloire
  C'est d'être un immortel !

DÉFI.

J'ai lu , je ne sais où , des mots sur mes pensées ;
    Ils parlaient de mes vers ;
Mon nom à d'autres noms, dans leurs pages pressées,
    Lançait de ses éclairs.

Et la foule lisait... passait sans rien comprendre ;
    Le ciel était voilé...
Dans ces regards distraits, que pouvaient-ils apprendre
    De ce cœur isolé ?

Mais peut-être trop tôt j'ai jeté dans la foule
    Mon âme aux crins de feu ?
Il faut peut-être avant que la vase s'écoule...
    Il faut attendre un peu...

Mais si le corps si frêle où s'agite cette âme
    S'éteint comme un fanal ;
Si, lorsque tout-à-coup plus ardente est la flamme,
    Il vient un vent fatal,

Je n'aurai pas parlé... je serai mort, ma tombe
    Ne leur dira plus rien...
Il faut au moins, il faut, avant que je succombe,
    Qu'ils sentent un Chrétien !

Ce nom est bien honni!... bien peu digne d'envie!....
> Mais dites?... qu'êtes-vous?
Avez-vous plus d'amour, plus de foi, plus de vie,
> Plus de force que nous?

Qu'êtes-vous? répondez... Riches? mais nous le sommes.
> Fiers?... moins que notre cœur.
Avez-vous le génie?... oh! j'en appelle aux hommes
> Qui sentent leur grandeur.

Venez, relevez donc ce gant souillé de boue;
> C'est un défi porté...
Vous voulez le néant... et ma lyre se voue
> A l'immortalité.

LE CHRIST.

C'est pour nous que le Christ vint souffrir en ce monde ;
    Pour nous, pécheurs maudits ;
Pour nous, ensevelis dans une nuit profonde,
    Cœurs, hélas ! attiédis !

C'est pour le Publicain et la Samaritaine
       Qu'à la source il s'assied ;
C'est pour laisser couler les pleurs de Madelaine
       Que s'arrête son pied.

Ceux qu'il appelle amis, c'est l'apôtre infidelle,
       C'est l'indigne apostat ;
Et son dernier soupir en amour étincelle
       Au cœur d'un scélérat.

Il dit : Ne péchez plus ! à l'épouse adultère,
       Et l'absout aussitôt ;
Il guérit un aveugle avec un peu de terre,
       Et console d'un mot.

Sa main pure se plaît à caresser l'enfance,
       Il dit : Soyez comme eux !
Mais cette même main semble de préférence
       Rechercher un lépreux.

S'il échappe à sa bouche une tendre parole,

  C'est pour le seul pécheur;

S'il se peint dans les traits de quelque parabole,

  C'est comme un bon pasteur.

Toujours c'est le pardon et la miséricorde

  Qui s'éveillent dans lui;

S'il a quelque faveur plus divine, il l'accorde

  A l'ingrat qui l'a fui.

MOYEN.

Pour reconquérir l'innocence,
Seigneur, il faut un noble effort.
Il faut que l'âme recommence
Sa vie en face de la mort.
Il faut ramener sa pensée
A la vérité délaissée,

Comme une épouse au-seuil en pleurs;
Retrouver sa vive caresse,
Et lui payer par sa tendresse
Le prix de ses longues douleurs.

Il faut le soir, à l'heure austère
Où le silence habite aux cieux,
Près de sa lampe solitaire
Ouvrir quelque livre pieux;
Et bientôt de paix embaumée,
L'âme attentive et bien aimée,
Entendant des voix à l'entour;
Bercée en un flot de lumière,
Sent dans un parfum de prière
Ses ailes palpiter d'amour.

Amour inconnu dans le monde,
Étranger à nos passions,
Mais dont la douceur est féconde
En divines émotions !
Amour qui couronne notre âme,
Sur un char éclatant de flamme,

Comme Élie, au ciel emporté;
Baiser d'une lèvre invisible,
Où se répand irrésistible
Un Océan de volupté.

Il faut aimer la solitude,
Passer rêveur sur un cercueil,
Éveiller sa sollicitude
Sur tous les pauvres cœurs en deuil.
Il faut aimer vraiment les hommes;
Chercher dans l'exil où nous sommes
Ce qui pourrait les apaiser;
La douceur, la paix, l'espérance,
Et leur ouvrir en assurance,
Son cœur pour les faire y puiser.

Il faut chercher dans la vallée,
Un chaume usé par les autans,
Où quelque veuve désolée,
Manque de pain pour ses enfants.
Il faut s'asseoir sur l'escabelle,
Tandis que la mère encor belle,

Range ses enfants à genoux,
Et qu'un mot de votre âme émue
Tient une larme suspendue
A ces yeux qui vivent de vous.

Qu'il est doux de porter son âme
Comme un baume au triste orphelin !
De pénétrer, avec sa flamme,
Ses membres froids sur le chemin !
Qu'il est doux d'avoir en réserve
Un peu d'or, que la main conserve
Pour des douleurs qu'on ne sait pas ;
Et le soir, quand on vous oublie,
De voir la main qui vous supplie,
Bénir la trace de vos pas !

CHARITÉ.

O bonheur ! ô mon Dieu ! quels suaves cantiques
Emportent dans leurs flots mes chants mélancoliques,
  Et mon âme et ses pleurs ?
Quelle main a passé sur mon front qui frissonne
Et lui laisse la paix... Douce et blanche couronne
  De rayons et de fleurs ?

Quelle voix a parlé dans mon sombre silence ?
Quel ange m'a crié : « Messager d'espérance,
    « Chante un hymme au Seigneur !
« Appelle à t'écouter tes frères de ce monde ;
« Arrache les vivants de cette boue immonde,
    « Frappe et brise leur cœur ! »

O mon Dieu ! si j'avais une corde à ma lyre,
Qui rendit en éclair cette foi qui m'inspire,
    Cette flamme d'amour?
Non ! ce n'est point assez pour ma lèvre assouvie,
Si je puise tout seul à ce fleuve de vie,
    Et qu'on meure à l'entour.

Les voilà tous rêvant de néant et d'abîmes...
Les voilà ces volcans qui n'ont plus sur leurs cîmes
    Que des cendres, hélas !
Que de sourdes rumeurs qui grondent sous la terre,
Que des bruits avortés comme un lointain tonnerre
    Qui s'éteint sans éclats.

Les voilà déchirés par la main des tempêtes,
Ces cèdres appauvris qui fléchissent leurs têtes
    Sous le souffle des jours,
Qui n'ont plus nul écho dans leurs branches fanées,
Et frémissent à peine au torrent des années
    Qui les broie en son cours!

Et j'irai retrouver ma belle solitude,...
Savourer le repos, la molle quiétude
    De mes heures de paix;
Revoir mon Océan, qui jette à mon rivage,
Dans ses flots azurés, comme une douce image
    De suaves bienfaits.

J'irai respirer l'air parfumé d'ambroisie,
Goûter de ce nectar, source de poésie,
    Prier, aimer, bénir...
J'irai, plein d'espérance, exhaler mes cantiques,
Et je laisse après moi des fronts mélancoliques,
    Ternes, sans avenir...

O mon Dieu! qu'ai-je fait, pour sentir en mon âme
Ce foyer dévorant, cette vivante flamme
    Éteinte autour de moi;
Qu'ai-je fait pour sortir de l'indigne poussière,
Et m'élancer d'un trait au bout de la carrière,
    Tout couronné de foi?

LIVRE TROISIÈME.

—

ÉTERNITÉ.

Oh! que ce jour n'a-t-il lui déjà sur les ruines
du temps, et de tout ce qui passe avec le temps!

IMIT. liv. III.

EN PASSANT AUX ENVIRONS DE L. T.

Que ne puis-je arrêter ma course trop rapide,
Dans cet asile heureux de silence et de paix,
Où je vins autrefois tremper mon âme aride,
Sous les flots caressants de ses ombrages frais !

De loin je vous salue , ô lieux pleins d'innocence!

Je vous aime toujours,... car je garde en mon cœur

Ce souvenir si pur, si béni d'espérance,

Où je retrouve encore un reflet du bonheur.

Plus j'approche de vous, plus je sens dans mon être

Un bien réparateur qui calme tous mes sens.

Paris, je te quittais avec regret peut-être ,

Tu dévoilas pour moi tant d'attraits séduisants...

Va... tu ne m'es plus rien , tes plaisirs sont un songe

Qui ne laissa jamais que le vide au réveil,

La vertu seule est vraie,... et le reste un mensonge

Qui va se dissiper comme une ombre au soleil.

QUELQUES HEURES AVANT D'ARRIVER A S.

Pourquoi t'attrister, ô mon âme,
Quand tu t'approches de ces lieux;
Pourquoi toute vivante flamme
S'efface-t-elle de tes yeux?
Comme une ombre que rien n'explique,
Qui traverse, mélancolique,

Un gazon parsemé de fleurs;
Tu vas voir ta femme et ta mère,
Ton fils,... et pourtant ta paupière
A peine à retenir ses pleurs.

Oh ! C'est qu'ici-bas dans la vie,
Jamais le cœur n'est satisfait;
Lorsqu'à jouir tout nous convie,
Jamais le bonheur n'est parfait.
Je suis aimé, j'aime, j'espère,
Je n'ai plus de pensée amère
Qui soit un serpent dans mon sein,
Je suis donc heureux... mais peut-être
Ce charme qui berce mon être
Va s'évanouir dès demain.

Un feu lent dessèche et dévore
La vigueur qui parait mes ans,
Mon jeune front se décolore
Et rêve à la tombe longtemps...
Je sens bien souvent dans mes veines,
Comme un prisonnier dans ses chaînes,

Mon sang bouillir ou se glacer...
Et quand près du lit on s'avance
Pour me prodiguer l'espérance,
Je voudrais pouvoir m'en passer...

Oh! non! non! mon enfant pardonne...
Elle renaît sur ton berceau ;
Je ne veux pas que ta couronne
Se flétrisse sur un tombeau.
Ton avenir est si prospère!
Je t'aime tant... et pour ta mère
Ma mort aurait tant de douleurs...
J'ai mis en Dieu ma confiance,
J'ai pour moi ta voix d'innocence,
Oh! maintenant, coulez mes pleurs!

SOUVENIR A MA SŒUR V....

Toi qui m'apparus comme un ange
Un jour penché sur mon berceau,
Qui vins attacher à mon lange
Le crêpe, ornement du tombeau,
O ma sœur ! toi qui fus pleurée
Amèrement et si longtemps,

Que notre mère encor navrée
Ne peut nommer après vingt ans,
Hélas! je te connus à peine,
J'étais si petit dans tes bras;
Mais j'ai de tes cheveux d'ébène
Comme un débris de ton trépas;
Je les ai là près de la table
Où je viens prier tous les jours,
Et ma tendresse intarissable,
Comme un fleuve obscur en son cours,
T'enveloppe dans ta demeure...
Tu sembles sourire... et je pleure;
Je pleure, hélas! car à cette heure
Où notre âme a besoin de foi,
Où le monde est un vide immense,
Je dis à ma bonne d'enfance
De parler longuement de toi.
Et j'apprends que, belle et sensible,
Tu m'embrassais chaque matin;
Que, d'une candeur indicible,
Ton front, plus doux que le satin,
S'inclinait sur ma couche aimée,

Et que là, ta lèvre animée
Par la prière et par l'amour,
Versait, comme d'un saint calice,
Ces parfums purs du sacrifice
Qui devait s'achever un jour...

. . . .

Et depuis, grandi dans le monde,
Ballotté longtemps sur les flots,
J'ai vu briller enfin sur l'onde
Le phare ami des matelots ;
Et ton souvenir, ô misère !
Qui semblait s'éteindre en mon cœur
Comme une lampe solitaire
Qu'étouffe une impure vapeur,
Est venu m'indiquer ta tombe ;
Et bien souvent, quand la nuit tombe,
Priant sur ta couche à mon tour,
Je veux te rendre, ange céleste,
Sur ce froid monument qui reste,
Ce que tu m'as donné d'amour.
Oh ! oui ! quand tout ici t'oublie,
J'aime à sentir que je suis seul

Laissant mon âme recueillie
S'ensevelir dans ton linceul.
Tu n'es point un fantôme sombre
Qui glace de sa main dans l'ombre
Le front qui l'ose contempler ;
O ma sœur ! jetant ton suaire,
Tu sembles d'un blanc sanctuaire
Descendre pour me consoler.
Ah ! que n'ai-je pu dans la vie
Appuyer mon cœur sur le tien !
Me dire à toi, pieuse amie,
A toi qui m'eus compris si bien !
Épeler comme un doux symbole,
Sans lettre, sans voix, sans parole,
Ce langage mystérieux
Qui, formé d'amour, d'innocence,
Se parle un peu dans l'espérance,
Mais qui ne se comprend qu'aux cieux !

QUATRE HEURES DU MATIN.

Chaque nuit le sommeil respecte mes pensées;
Mes douleurs aujourd'hui, par les heures bercées,
    S'endorment dans la paix;
D'ineffables reflets passent sur moi sans nombres,
L'insomnie au chevet, le silence et les ombres
    Ont aussi leurs attraits.

Tout repose, tout dort dans mon obscur asile!...
Mon enfant près de moi respire si tranquille
  Qu'il me semble le voir,
Que je le vois, ployant ses blanches ailes d'ange,
Tourner dans son sommeil, qu'un rêve pur arrange,
  Son front si beau d'espoir.

Et je sens de mon sein s'épancher des prières!
Et pourtant quelques pleurs roulent de mes paupières,
  Et tombent malgré moi.
Si j'entends au-dehors l'aquilon ou la grêle,
Je contemple, ô mon Dieu! ma tige, hélas! si frêle,
  Qui frissonne d'effroi.

Mes membres desséchés par les veilles funèbres,
Mes mains qui, tant de fois, erraient dans les ténèbres
  Pour fuir loin des douleurs;
Ce feu toujours ardent qui ronge ma poitrine,
Qui, comme un ver, obscur au fond de la racine,
  Fait tomber bien des fleurs.

Mais mon œil, ô mon Dieu ! ranimé d'espérance,

S'élève aux flots sereins de votre Providence

    Qui ruissellent pour nous,

Et restant sur le cœur comme un lac qui l'inonde,

Ne veulent, pour pousser sa barque vagabonde,

    Qu'un seul soupir vers vous.

J'espère en vous, mon Dieu ! ma vie est votre ouvrage ;

Si, trop battue, hélas ! au souffle de l'orage,

    Elle meurt en ce jour ;

Si ma lèvre souvent, dédaigneuse et muette,

Tremble de révéler ce rayon du poète,

    Ce mot magique : Amour !

Je me confie à vous, ô mon Dieu ! mon seul maître.

Si je dois succomber ou si je dois renaître,

    Qu'importe ? c'est pour vous.

Que vous jetiez encor des jours dans la balance,

Ou que l'aile de mort sur mon front se balance,

    Je bénis à genoux.

Je bénis, je n'ai plus de chants mélancoliques,
Dans la vie ou la mort toujours de saints cantiques
      Jailliront de mon cœur ;
Toujours... car vous m'avez enivré de tendresse,
Et ma voix ici-bas veut répondre sans cesse
      A votre voix, Seigneur !

Appelez donc encor votre fils solitaire...
Qu'un ange lui révèle un peu de ce mystère
      Qui l'entoure aujourd'hui ;
Qu'il dise si son luth doit s'agiter encore,
Ou si de l'hymne saint cet accent moins sonore
      Est le dernier pour lui ?

HUIT HEURES DU SOIR.

Oh! que le ciel est pur! que la mer est tranquille!
Que le voile du soir sur mon paisible asile
    S'abaisse doucement!
O mon Dieu! si mon cœur se troubla vers l'aurore,
je sentis plus vif ce feu qui me dévore,
    Qu'avais-je en ce moment?

L'insomnie à mon front agitait ses pensées ;
Des visions de nuit les troupes insensées
　　　Passaient, passaient toujours ;
Je pressais sur mon cœur mon trésor solitaire,
Et, faible, je tremblais que la foule légère
　　　L'emportât dans son cours.

J'avais peur de la nuit, enfant qu'on abandonne,
A l'haleine des mers mon hêtre qui frissonne
　　　Semblait avoir des voix ;
Je prêtais, inquiet, une oreille attentive,
Et qu'entendais-je ?... rien que l'écho de ma rive
　　　Qui mourait dans les bois.

Et je priais, pourtant,... mais triste était mon âme...
Et, de mon frêle esquif abandonnant la rame,
　　　Je contemplais le port.
Et mon âme était triste, et lente ma prière...
Car je craignais, hélas ! de clore ma paupière
　　　Dans un sommeil de mort.

Enfant... je n'avais rien qu'une vague souffrance,
Un regard tout ému d'un rêve d'innocence,
    Qui flottait à l'entour;
Qui semblait éviter ma poursuite à chaque heure,
Sans qu'il voulut jamais ployer sur ma demeure
    Ses deux ailes d'amour.

Et mon cœur s'alarmait de sa fuite rapide,...
Et la lune aux rideaux apparaissait livide,
    Et tout était ennui.
Et laissant au Seigneur mon humble destinée,
J'ignorais si c'était la dernière journée
    Qui doit mener à lui.

Mais le jour a versé sa lumière splendide,
Et d'immortel amour mon œil toujours avide,
    S'enivra de rayons...
Mon cœur, dont la pensée est ardente de vie,
S'élança vers le ciel, joyeux à faire envie
    Au vol des Alcyons.

Et le soleil voilé laisse place au silence ,

Et j'attends qu'une voix chère et pure commence

      La prière du soir ;

Que le son de la cloche embaume la vallée ,

Que mon âme, ô mon Dieu ! par la paix consolée ,

      S'endorme en son espoir !

AMOUR, ESPOIR.

Amour, espoir,
Couple angélique,
Divin baiser, brise mystique
Qui passe au soir !
Prière obscure,
Ivresse pure,

Pleurs qu'on n'ose pas laisser voir ,

Écho discret de la nature

Qui dit , voilé sous la verdure :

    « Amour, espoir ! »

    Et le silence

    Semble si doux ,

    Q'on est jaloux

    Du flot que lance.

    L'onde en courroux.

On voudrait l'azur sur la terre ,

L'azur immobile du ciel...

On voudrait pencher solitaire ,

Sa lèvre au pur rayon de miel

    Que la pensée

    Tout encensée

    Cherche au désert

    Dans un concert.

O mon Dieu! c'est le mot, c'est l'unique langage

Qui donne un sens limpide à mes vagues transports;

Ma voix est confuse au rivage,

L'Océan l'étouffe à ses bords ;

La nuit la couvre de son aile,

Le vent l'étourdit dans les airs.

Il faut que la foi la rappelle ;

Il faut, comme l'oiseau fidèle,

Qu'elle vole au-delà des forêts et des mers !

O solitude !

J'ai bien pleuré sur ce rocher,

Pauvre nocher !

Inquiétude,

Où donc es-tu ?

Sollicitude,

Rêve attendu,

Rêve si froid d'incertitude,

Es-tu perdu ?

O solitude !

J'ai sur mes rives

De belles fleurs

Non plus craintives,

Mais sous les pleurs

De la rosée;

L'une est posée,

Sous la croisée

Si douce au soir,

Qu'on croirait voir

Un encensoir.

Une fontaine

Sous un rameau,

Laisse incertaine

Couler son eau.

Écoutez, écoutez comme son flot murmure !

Il dit des mots sacrés que comprend la nature,

Il dit des paroles tout bas...

Il dit que l'été passe et que vient la froidure;

Il dit aux fraîches fleurs : « Bientôt plus de parure !

Et l'homme, hélas ! ne l'entend pas.

Et l'homme est épris de ses rêves !

Et sur mes grèves

Il ne sait pas

Que le trépas

A répandu de sinistres présages,

Mais qu'une voix, s'échappant des orages,

A consolé

Le désolé.

O douceur! ô mon Dieu! c'est vous, c'est vous encore

Que je bénis le soir, que j'appelle à l'aurore,

Que j'invoque toujours.

C'est vous qui me donnez ces accents purs et vagues,

C'est vous qui rassemblez ces innombrables vagues

Dans un seul cours.

IMMOLATION.

On craint, ô mon Dieu ! que ma vie
Ne s'échappe avec un transport ;
On craint que mon âme ravie
Ne s'élance enfin vers le port !

Eh ! que m'importe que je meure ?
Que m'importe que je demeure
Sous le poids du soleil des jours ?
C'est le soleil de la patrie
Qui brille à mon âme attendrie,
C'est Dieu qui m'éclaire toujours.

C'est Dieu qui m'arrache du monde,
Qui m'emporte nu dans sa main,
Qui m'enfle aujourd'hui comme une onde
Pour m'abattre à ses pieds demain ;
Qui fait un jouet de mon âme,
Qui l'allume ainsi qu'une flamme,
Ou qui l'éteint comme un flambeau ;
Qui la couronne de lumière,
Ou qui la balaie en poussière
Dans la poussière du tombeau.

Eh ! que m'importe que je vive,
Que je traîne un corps amaigri,
Que j'ouvre la plaie encor vive
De ce mal à peine guéri ;

Si l'homme ne veut pas m'entendre,
Si sa main vide craint d'étendre,
L'orgueilleuse, un doigt décharné ;
S'il me jette un œil de colère,
Et si ce rayon qui m'éclaire
Blesse son front découronné?

Je n'ai point heurté la tempête,
Lancé mon âme dans les airs,
Pour ne bercer jamais ma tête
Qu'aux sons d'amollissants concerts ;
Je n'ai point, rêveur solitaire,
Jeté mes adieux à la terre,
A mes amis, à mes plaisirs,
Pour saisir un luth monotone
Qui, pâle comme un jour d'automne,
Flatterait de faibles désirs.

Je n'ai point mêlé tant de larmes
Aux flots qui baignent mon rocher ;
Je n'ai point senti plus d'alarmes
Que le cœur surpris du nocher

Quand le vent déchire sa voile,
Pour que mes yeux vers une étoile
Lèvent quelques regards de paix ;
Pour que, tout baigné d'espérance,
Je laisse la main du silence
M'endormir sous tant de bienfaits !

Non ! je crîrai, Seigneur ! mon âme
Sans cesse parlera de vous.
Si cette voix n'est qu'une flamme,
Je veux m'y brûler à genoux.
Je veux, comme un parfum d'aurore,
Monter toujours, monter encore...
Je veux, comme un encens sacré,
Disparaître en flots de fumée,
Laissant une trace embaumée
Au cœur ici-bas égaré !

L'AME.

Trop ardente pensée,
Que me veux-tu? dis-moi?
Laisse l'âme bercée
Sous son abri de foi,

Se jouer en silence

Dans sa sainte innocence

Et son rayon d'amour ;

Laisse-lui sa prière

Clore en paix sa paupière

Comme la nuit le jour.

Je suis jeune et ma vie

Qui bénit son printemps,

Avant d'être ravie,

A souffert trop longtemps.

Mais aujourd'hui je chante,

Ma voix est plus touchante

Que l'écho de mon bord ;

Il me semble à ma rive

Que chaque flot n'arrive

Que pour être un accord.

Il me semble au rivage

Tout baigné de mes pleurs,

Que nul souffle d'orage

N'a passé sur mes fleurs ;

Elles sont toutes belles,
Leurs corolles nouvelles
Se mirent dans l'azur ;
Le zéphir qui les penche
Cherche en vain la plus blanche
Pour son baiser si pur.

La grotte solitaire
S'éveille sous mes pas,
J'y surprends un mystère
Que je ne savais pas ;
Le ruisseau plus rapide
S'écoule si limpide
Qu'un sable peu profond,
Brillant en étincelle,
Fait croire que ruisselle
Un flot de flamme au fond.

Mon hêtre au vieux feuillage
Dont les vastes rameaux
Jetaient sur mon visage
Comme un froid des tombeaux,

Fait soupirer sa feuille
Qu'un rossignol effeuille
De ses pieds amoureux,
Et des échos sans nombres
Aux rochers les plus sombres
Disent : Je suis heureux !

Je suis heureux !... mais l'âme
Qui murmure toujours,
Comme l'immense lame
Entraînant dans son cours
Le limon et l'écume ;
Qui se voile à la brume
Ou rayonne au matin,
Avance, avance encore,
Soir et matin dévore
L'esquif et le marin.

Et je sens mes années
Pâlir dans leur bonheur ;
De mes feuilles fanées,
De mes voix de douleur

Il n'est rien qui me reste...
Mais la palme céleste
Qui décore mon front
Est brûlante à ma tête,
Et je sens la tempête
Comme un sanglant affront.

L'âme est un feu sublime,
Une éternelle ardeur,
Un redoutable abîme
Où plonge avec horreur
L'œil égaré de l'homme,
Quand son orgueil consomme
La nuit de sa raison ;
C'est une mer profonde,
Un flot noir dont la sonde
N'arracha qu'un poison.

Mais c'est la source pure,
Le nectar embaumé,
La mystique parure
Qui sied au bien-aimé ;

L'auréole divine,
Quand tout orgueil s'incline
Aux doux rayons de foi,
Tout à l'entour s'éclaire...
Et l'âme pour prière
Dit au Seigneur : C'est moi !

C'est moi la bien-aimée,
La colombe au désert,
Dont l'aile parfumée
S'élève en un concert.
C'est moi qui prie et pleure,
C'est moi qui chante à l'heure
Où tout repose autour,
Un air pur d'innocence
Où chaque voix s'avance
Pour se nourrir d'amour.

C'est moi dans la fontaine
Qui reflette les cieux,
Dans la vague lointaine
Qui cherche d'autres lieux ;

C'est moi le long des grèves
Qui poursuis tous ces rêves
Qui s'effacent bientôt ;
C'est moi, mer sans orage,
Qui doit, sur ce rivage,
Briser son dernier flot.

DÉPART.

Ils m'ont dit de quitter la mer et le rivage,
    Ils ont peur de ma voix...
Et mon front pâlissant, qui de cyprès s'ombrage,
    Penché sur une croix,

Jette de ces éclairs si brûlants qu'on s'étonne
    Que je les puisse avoir ;
Et que soir et matin, à chaque heure, j'entonne
    Mon cantique d'espoir.

Je suivrai leur désir, et j'irai dans leur ville
    Boire et manger comme eux.
Je verrai s'agiter, d'un visage tranquille,
    Leurs plaisirs et leurs vœux.

J'entendrai bien souvent le bruit de leur parole
    Que je ne garde pas ;
Ils me diront aussi ce bien qui les console,
    Que je ne comprends pas.

Et là pourtant j'irai... Je n'aurai plus de rêve,
    Adieu, souffle embaumé !
Ils ont poussé la barque attachée à ma grève,
    Adieu, flot tant aimé !

Mais cependant, confondue en la foule,
  Mon âme est là ;
Craignez qu'un coude en passant ne la foule,
  Car la voilà.

Et je replie, hélas ! son aile blanche ;
  Il faut partir,
S'abandonner à la voile qui penche
  Sans repentir.

ARDEUR.

Je voudrais un esquif sans rame
Pour me bercer dans l'Océan,
Pour être battu de la lame.

Je voudrais être le volcan
Qui vomit sa lave enflammée
Parmi des flots noirs de fumée.

Je voudrais être un torrent, une sonde
    Jusques au fond des mers.
Tout ce qui brise, ou qui plonge, ou qui gronde ;
    Je n'ai pas assez de mes vers,
Je n'ai pas assez d'air, j'étouffe, et mon cœur crie :
Seigneur, écoutez-moi, mon âme pleure et prie,
    Entendez-vous sa voix ?

    Elle se perd dans les montagnes,
    Elle court au fond des campagnes,
L'entendez-vous dans les vents, dans les bois?
Oh ! je souffre, mon Dieu ! de bonheur et d'ivresse...
Ah ! plutôt ; oui, plutôt, rendez-moi ma tristesse,
    Ou donnez-moi sans cesse
    Des voix, toujours des voix !

Des voix !... je sens peser, peser lourdes mes ailes ;
Elles heurtent aux bords, et des plumes nouvelles

Poussent, poussent encor...

Elles s'étendent loin... immenses dans l'espace...

Les voyez-vous jeter leur ombre sur ma face

Et dérober au ciel son azur et son or?

Oh ! volez donc aussi, mon âme !

Perdez-vous par-delà les cieux !

Seigneur, je suis aussi de flamme,

Suis-je donc trop audacieux?

La terre me pèse, ô mon maître !

C'est vous qui m'avez fait connaître

D'autres flots et d'autres déserts.

Mon coursier d'un élan m'entraîne ;

Si son pied dévore l'arène,

Je n'ai pas seul brisé ses fers.

Et je crie

O Seigneur!

Et je prie ;

Et mon cœur

Se dévore,

Mon ardeur

Veut encore

Des déserts,

Des concerts.

Une soif indomptable,

A ma bouche de feu,

Cherche en vain dans le sable

A s'apaiser, mon Dieu !

Il me faut une source, un fleuve d'ambroisie,

Mes chants aux mille échos, ma vaste poésie

Déborde tout autour.

Il me faut tout l'espace, ô Seigneur ! et mon âme

N'attend plus pour dictame

Que l'éternel amour.

ÉLAN.

Mon âme est la cavale altière
Qui seule bondit au désert,
Qui sent s'agiter sa crinière
Au souffle dévorant de l'air.
Mon âme est la lave bouillante
Qui ruisselle en flamme ondoyante

Le long des épaules du mont,
Comme une immense chevelure,
Comme une sublime parure
Qui rend plus éclatant son front.

Mon âme est la lame indomptable
Qui se brise avec un transport,
Qui jette une voix redoutable
Aux échos tremblants sur son bord.
Mon âme est le souffle en démence
Qui tombe à terre et recommence
Son vol ici-bas à l'étroit;
C'est la tempête avant l'aurore
Qui court dans le ciel et dévore
Tout rayon d'azur qu'elle voit.

Mon âme est la nuit tout entière
Semant tous ses globes de feu;
C'est l'encens de toute prière
Qui remonte à vous, ô mon Dieu!
C'est le soleil quand il se couche,
Ornant sa magnifique couche

De saphir, de rubis et d'or;
C'est l'Océan qui, sans connaître
La main d'un invisible maître,
Tombe vaincu... mais gronde encor.

Oh! quelle ardeur, quelle puissance,
Seigneur, dans l'âme devant vous!
Quel souffle impétueux commence
Le chant qui s'achève à genoux!
Quelle fièvre dans la poitrine!
Homme, écoute-moi bien; devine
Ce qui me tûra quelque jour?...
Est-ce ta fortune ou ta gloire,
Est-ce l'éclat d'une victoire?...
O mon Dieu! c'est mon seul amour!...

Amour!... mer immense et profonde
Qui dormait au fond de mon cœur,
Qui jetait cette voix qui gronde
Sourde en l'abîme du malheur!
Amour que je croyais chimère,
Vague que je croyais amère

Et qui n'eût vomi qu'un limon ;
Char aux nobles coursiers fidèle
Dont la roue ardente étincelle,
Mais qui n'avait pas de timon.

Et je lance aujourd'hui mes coursiers indomptables.
Allons, en avant mes coursiers !
Le champ est vaste, et redoutables
Sont les rivaux disputant vos lauriers.
Allons, de la vîtesse ;
Allons, allons toujours
En avant, mes coursiers, en avant, l'heure presse ;
Voici les derniers jours ,
Qu'importe la poussière ?
Vous savez la carrière,
En avant, en avant !
Ne perdez pas la trace ;
Nous laissons dans l'espace
Nous devancer le vent.

En avant, mes deux ailes,
Déployez-vous, mes sœurs ;

Comme vous êtes belles !
D'où viennent ces couleurs?
Que vos plumes aimées
Caressent embaumées
Mon front tout en sueur !
Venez, venez, sans crainte,
Voiler ma face empreinte
De sa blanche lueur !

Oh ! mon âme n'est pas toujours le météore
Qui déchire la nuit ;
Elle n'est pas toujours le reflet de l'aurore
Qui rougit et s'enfuit ;
Elle est la flamme aussi d'un autel sur la terre,
Qu'alimente le soir la vierge solitaire
Toute vouée au ciel ;
Elle est la fleur pâlie au déclin de l'automne,
Et l'enfant qui la craint en la cueillant s'étonne
De son parfum de miel.

CANTIQUE.

Oui, je vous bénirai, mon Dieu! Mon beau cantique
    S'exhalera pour vous!
J'aurai, si je n'ai pas la harpe séraphique,
    Ma prière à genoux.

J'aurai mes pleurs sereins, mon enivrante extase,
    Tous mes transports d'amour,
Mon cœur muet au feu dévorant qui l'embrase,
    Ma voix sainte en ce jour.

Ce jour où vous m'avez consolé dans les larmes,
    Mon Dieu, mon seul bonheur!
Ce jour où j'ai jeté sous vos pieds mes alarmes,
    Ma joie et ma douleur.

Vous m'avez consolé!... vous m'avez dit dans l'âme
    Des mots qu'on ne sait plus.
J'entendais alentour des chants d'ange ou de femme,
    Comme un flux et reflux!

Des paroles de paix, de riante espérance,
    De foi dans l'amour pur,
Et mon âme sentait, cherchant leur délivrance,
    Ses deux ailes d'azur...

Et j'ai béni, mon Dieu ! Je vous ai crié : « Grâces ! »
    Le front baigné de pleurs !
Et je l'ai relevé, flottant dans les espaces,
    Tout couronné de fleurs !

L'IMAGE.

Je maudissais la vie, et Dieu
N'a pas écouté mon blasphème;
J'entendis toujours au saint lieu
Cette voix qui dit : J'aime !

Et j'aime aussi, tout plein d'ardeur,
Et comme un feu divin, mon cœur
Étincelle et dévore;
Il emporte tout dans son cours.
Et sa flamme redit toujours :
Encor Seigneur, encore.

Et l'Océan vient sous mes pas
Ramper comme un esclave;
Et le volcan, grondant tout bas,
N'ose épandre sa lave.

La voix des mers et des déserts
Se tait en ma présence;
Ils semblent devant mes concerts
Se dire tous : Silence!

Et je parle et je chante seul,
Et mon front n'a plus son linceul,

C'est une auréole sublime.

Je suis réveillé du tombeau ;

Je tiens dans la main mon flambeau,

Qui jette un éclat sur l'abîme !

Écoutez, écoutez les accents de ma foi !

Homme orgueilleux, écoute-moi ;

Fais trêve à ta vaine pensée :

Que cherches-tu dant le néant ?...

Arrache du gouffre béant

Ton aile à son souffle glacée.

Viens avec moi sur mon rocher ;

Laisse après toi, faible nocher,

Ta barque au roulis de la plage.

Je voudrais qu'un grand flot soudain

La brisât, laissant incertain

Ton cœur errer sur mon rivage.

Je voudrais qu'un vent en courroux

T'abattit sur les deux genoux,

Que ton front marquât sur le sable !
Peut-être verrais-tu bientôt,
Glisser plaintive sur le flot ,
Une image indéfinissable.

VEILLE.

Vous ne voulez donc plus que ma voix se repose ?
    Plus de sommeil.
Vous ne voulez donc plus que je cherche autre chose
    Que le soleil !

Eh bien ! mon Dieu! j'obéis ; j'abandonne
    La nuit, le jour,
Je veux mourir, pourvu qu'un peu je donne
    De mon amour.

Pourvu qu'un frère apporte ses alarmes
    A votre croix,
Et que son cœur trouve de douces larmes
    Pour toute voix.

Je veux mourir,... pourvu que ma pensée
    Soit un espoir,
Et qu'Elle..., ô Dieu ! puisse, moins oppressée,
    Chanter le soir.

Je veux mourir, si ma vie est sacrée
    Par l'Eternel.
Quand de ses fleurs la victime est parée,
    Il faut l'autel.

Je ne veux plus rêver une lumière
    De jours meilleurs ,
Je tremblerais de voir dans ma prière
    Couler des pleurs.

Mais abandon... espérance infinie
    En vous , mon Dieu !
Corps que je jette à la châsse bénie ,
    Dans le saint lieu.

LA LAMPE.

O lampe solitaire
Au chevet de mon lit,
Quand ta lueur m'éclaire
Et tout-à-coup pâlit,
Je tremble que mon âme,
Qui si souvent s'enflamme,

Ne s'éteigne à son tour ;
Et que ma voix si tendre
Ne puisse faire entendre
Tout son hymne d'amour.

Oh ! si j'avais en elle
Toujours, toujours des feux !
Oh ! si j'avais une aile
Pour chacun de mes vœux !
Je volerais sonore
Vers ce Dieu que j'adore,
Pour lui porter mes chants,
Pour répandre en fumée
Mon âme consumée
Par ses transports touchants !

Oh ! mon cœur surabonde,
Mon Dieu ! donnez des voix !
Oh ! donnez-moi le monde
Ou donnez-moi la croix ;
Mystérieux symbole
Ou meurt toute parole,

LA LAMPE.

Arbre prodigieux,
Qui sous ses vastes ombres
Cache, en ses rameaux sombres,
Des éclairs radieux.

O profondeur, abîme!
Néant, éternité!
Dieu pontife, victime,
Mort, immortalité!
Que cherches-tu, poète?
Et ma lyre est muette,
Je ne sens plus mon cœur.
Je m'incline et j'adore,
Je crois, j'adore encore,
Vous, mon Dieu! vous, Seigneur!

BARCAROLLE.

Si mon esquif flottant, aux lueurs d'une étoile,
Sent enfin quelque vent éveillé dans sa voile,
    Si le grain est tombé ;
Si la vague qui roule, et si bleue et si ronde,
Passe au-dessous de lui, pâlit soudain et gronde
    De le voir radoubé.

Oh ! vous irez bien loin, ma barque... La campagne
    Est vaste tout autour...
Nous n'avons point ici de roc ni de montagne,
    Ni de nuit, ni de jour.

Oh ! je vous saisirai, ma barre,... et ma main ferme
    Ne vous lâchera pas.
Regardez devant vous ce temple qui se ferme,
    Le voyez-vous, là-bas ?...

Non, rien... Allons toujours; vous avez froid, ma belle,
    Vous tremblez ? qu'avez-vous ?
Pilote, allons, de l'air dans la nacelle;
    Allons-donc, levons-nous !

Ah ! ce n'est rien... En avant, barcarolle,
    Fendons les mers ;
Chantons, jetons quelque douce parole
    Aux flots amers !

L'ARABE.

Holà! mon beau coursier, du calme!
Vous avez du champ devant vous;
Vous êtes bien sûr de la palme,
    Soyons plus doux;
Moins de feu dans votre prunelle...
Allons, mon beau coursier fidèle,

Laisse-moi, laisse-moi caresser ton long crin ;
    Pourquoi donc frapper la poussière ?
C'est le souffle du ciel qui joue en ta crinière,
    Regarde... je n'ai pas de frein.

Je suis l'Arabe fier, et comme toi sauvage ;
Nous courrons tous les deux sur le brûlant rivage...
    Nous irons dans les mers
Nous baigner, retremper nos membres indomptables,
Et nos hennissements se perdront dans les sables
    En sublimes concerts !

ÉLÉVATION.

O mon Dieu ! je veux un cantique
Pour soulager un peu mon cœur ;
Donnez-moi l'écho du portique,
Donnez-moi les chants du vainqueur
Qu'exhalait la harpe bénie,
Les transports, l'ivresse infinie

Du prophète des anciens jours;
Donnez-moi ses ailes de flamme;
Donnez, donnez, mon Dieu! mon âme
Souffre trop de ramper toujours.

Je voudrais, d'un élan sublime,
M'élancer par-delà les mers,
M'égarer d'abîme en abîme
En semant toujours des concerts.
Plonger aux profondeurs de l'onde,
Me heurter aux bornes du monde,
Les fondre à mon souffle de feu,
Aller... m'enfoncer dans l'espace
Toujours... et sans laisser de trace
Me perdre en votre sein, mon Dieu!

Voilà mon ardente espérance,
Voilà mon sublime désir,
Voilà l'étendard qui balance
Ses plis rayonnant d'avenir!
Voilà l'Océan où se plonge
Ma vie à moi, qui n'est qu'un songe,

Mon œil qui dédaigne ici-bas.

Voilà l'amour saint qui m'oppresse,
Voilà ces cris, dans mon ivresse,
Que l'homme, hélas! ne comprend pas!

Eh! que m'importe à moi, si l'homme
Et ses mille échos à l'entour
Ne savent point comment on nomme
Cet élan d'espoir et d'amour?
Si son front à peine se lève
Et cherche inquiet sur ma grève
La grotte où l'oracle a parlé;
Si, trompé par la voix des vagues,
Il ne saisit que des bruits vagues,
Au lieu de l'accent révélé!

Qu'importe?... oh! non Seigneur, mon âme
Qui s'enivre en ses flots de paix,
Voudrait qu'une semblable flamme
Consolât leurs cœurs à jamais!
Que ces déserts brûlants de sable
Où la soif est intarissable,

Où nul écho ne vous répond,
Laissassent jaillir des fontaines
Coulant toujours, et toujours pleines
D'un amour sans rive et sans fond.

O mon Dieu! je bénis l'aurore
Et toutes ces fleurs de mes champs
Qui viennent à l'heure où j'adore
Mêler leurs parfums à mes chants!
Je rends grâce de ces pensées
Qui viennent en foule pressées
De s'élancer toutes vers vous,
De brûler un encens plus tendre,
Désireuses de faire entendre
Tout ce que l'âme a de plus doux.

Je bénis ma harpe divine
Qui parle si haut au Seigneur,
Qui fait bondir dans ma poitrine
Mon espérance avec mon cœur.
Je bénis ces pleurs qui m'inondent,
Ces transports saints qui surabondent,

Ces regards qui lancent du feu...
Je rends grâce à toute ma vie,
Car enfin elle est assouvie,
Assouvie en vous, ô mon Dieu!

POÉSIE.

Le jour, la nuit, mes beaux cantiques,
O Seigneur ! s'élèvent vers vous;
Comme l'encens des basiliques
Mon âme exhale en flots plus doux
   Mes beaux cantiques.

Le jour, la nuit, mon espérance,
Agite son aile et s'enfuit,
    Et se balance,
Et revient plus près et s'élance
    Le jour, la nuit.

    Ma voix profonde
    Comme un torrent
    S'irrite et gronde
    En son courant,
Si quelque tronc d'arbre immobile
Arrête son flot indocile
    Comme un torrent.

    Et ma paupière
    Jette du feu
Quand ici-bas toute lumière
    N'est pas de Dieu.
Si j'entends un accent de l'homme,
J'écoute bien comment il nomme
Le souffle qui passe au saint lieu ;
S'il ne croit pas à la prière...

Je souffre, et soudain ma paupière
     Jette du feu.

     Mon âme ardente
     Cherche un trésor ;
     Vos filons d'or,
     David et Dante,
Laisseront-ils puiser encor
     Mon âme ardente ?

     La strophe tremblante à mon âme
     Obéit trop vîte à ma voix ;
Je voudrais qu'emportée au loin sur une lame
     L'esclave échappant à mes doigts
Ne revint pas toujours comme une algue plaintive
Me dire : O maître bon ! laisse-moi sur ta rive !

     Je voudrais que mon cœur,
     Enivré de bonheur,
Put mener tous de front mes vers aux vastes ailes ;
Je voudrais ces coursiers aux ardentes prunelles,

Tous, comme des cygnes blancs,
Les tenir dans mes mains de ma rêne puissante,
Les laisser balancer leur tête éblouissante,
Et passant au-delà des vastes océans,
Aller, aller toujours, sans que mon char ressente
Les coups tout interdits des foudres et des vents.

Je voudrais, quand mon âme accueille sa pensée,
Que la foule à l'entour s'inclinât empressée
          D'adorer le Seigneur;
Car c'est lui qui descend en esprit dans ce temple;
Et, baissé sur mon sein, mon regard le contemple
          Plein d'amour et d'horreur.

Je voudrais, quand ma voix s'élance sur le monde,
Qu'il se fît tout-à-coup silence... et que, profonde,
          Elle parlât des morts...
Elle parlât longtemps de ces tombes qu'elle aime,
De ces jours attendus et si beaux, qu'elle-même,
          Pour les chanter manque d'accords!

Je voudrais, qu'enfin consolée,
Ma lyre essuyât tous les pleurs ;
Que toute âme ici désolée
Vint la charger de ses douleurs.
Je voudrais, hélas ! que mes frères,
Qui n'ont qu'espérances amères
Où se meurt tout reflet d'amour,
Vinssent au Dieu qui nous rassemble,
L'écouter, le prier ensemble,
Et pleurer chacun à son tour.

Oh ! quel bonheur
Si mon ivresse
Pouvait arracher un seul cœur
A la tristesse ;
Oh ! quel bonheur !

Si ma voix simple et solitaire,
Se mêlant aux voix de la terre
Comme à l'absinthe un peu de miel,
Oubliait ses heures funèbres,

Laissant percer dans les ténèbres
Un de ces purs rayons du ciel.

Ils sauront un jour que ma lyre
Ne brigua pas un laurier vain,
Que mon redoutable délire
N'a pas parlé si haut en vain;
Ils sauront un jour que mon âme
N'a pas été l'impure flamme
Qui brûle sur tous les autels,
Et que, pontife dans la vie,
Jamais elle ne fut ravie
Que par les esprits immortels.

Ils sauront un jour, tous ces hommes
Qui passent si fiers devant moi,
Dans l'étroit empire où nous sommes,
Lequel de nous est peuple ou roi.
Elles sauront, ces hautes têtes,
Qui sait commander aux tempêtes,
Aux coups d'un destin imprévu :
Tout sera dit au jour des âges...

Mais aujourd'hui, dans les orages,
Leur œil ébloui n'a rien vu.

Et mon luth qui vibre sonore
Va cesser d'exhaler ses chants;
S'ils n'y répondent pas encore,
J'étoufferai ses cris touchants.
Que dis-je, ô Seigneur! ma pensée,
Que votre amour tient embrassée,
Peut-elle donc s'éteindre en vous?
Je chanterai sur ma colline,
Mais la nuit seule qui s'incline
Aura tous ces parfums si doux.

UN MATIN.

Quel jour brillant se lève sur ma tête!
   Beau soleil, te verrai-je encor?
Salûrai-je longtemps, si loin de la tempête,
   Tes flots de jaspe et d'or?

Reverrai-je au matin mon enfant me sourire,
    Se jouer près de moi?
Sentirai-je longtemps les cordes de ma lyre
    Vibrer toutes de foi?

Sentirai-je longtemps une vie aussi pleine
    Déborder de mon cœur?
Et des bouches du ciel une divine haleine
    Baiser mon front vainqueur?

Vivrai-je pour aimer, pour chanter et pour croire?
    Je l'ignore, ô mon Dieu!
Mais si, jeune, je meurs,... on lira ma mémoire
    Au marbre du saint lieu!

VIVRE ENCORE.

Merci, mon Dieu! de mon ivresse,
Merci de ce beau luth qui pleurait désolé;
    Plein de tristesse,
    Suis-je assez consolé?...
Qu'ai-je besoin aujourd'hui sur la terre?
La terre!... Oh! j'aime bien ce grand temple d'amour!

Mais quel mystère !

O dernier jour

Eloigne-toi !... Laisse quelques années

Mon front, privé de ses feuilles fanées,

Verdir encor ;

J'ai tant de sève en ce tronc immobile,

Laisse un ruisseau ceindre son pied docile

D'un réseau d'or.

J'ai tant pleuré que je n'ai plus de larmes,

Mais j'ai des chants,

Accords touchants,

Hymnes divins, accents tout pleins de charmes ;

O mort, attends !

Attends, tombeau !

Je n'aime point ta longue et noire pierre,

Ni ton flambeau,

Ni ta poussière ;

Attends, tombeau !

Tu pèses lourd dans mes doigts, ô ma lyre ;

    Qu'as-tu, dis-moi?

Ne veux-tu pas partager mon délire ?

    Silence?... Eh quoi!

Prête à pleurer quand tu me vois sourire?

    Dis-moi, ma sœur,

Dis-moi, je t'aime... Ah! crains-tu de me dire

    Toute douleur ?

Hélas! je sais... Mais non, le Seigneur m'aime

    Comme son fils.

Souvent, souvent il me l'a dit lui-même.

    Et le beau lis,

Dont la rosée incline un peu la tige

    Avant le jour,

Doit ses parfums... Mais hélas! je t'afflige,

    Parle à ton tour !

Parlons ensemble, et de nos beaux cantiques,

    Et de nos beaux accords,

De nos baisers au fond des basiliques,

    De nos transports ;

Parlons du jour où tu me pris si pâle,
    Sur le rocher,
Près d'un esquif entr'ouvert par le hâle,
    Pauvre nocher !

Comme ta voix était douce et plaintive,
    Sœur de mes pleurs !
J'aimais te voir te pencher sur la rive,
    Fleur dans mes fleurs.

Comme mon cœur écoutait en silence
    Le moindre accord !
Je m'agitais au zéphir qui s'élance
    Souvent trop fort.

Je craignais tant de perdre une parole,
    Un parfum pur ;
J'aurais voulu toujours une auréole
    Au ciel d'azur.

Je n'aimais plus hélas! rien dans la vie,
  J'avais souffert!
Toute douceur m'avait été ravie,
  Et rien offert.

Et je disais : Il faut donc que je meure,
  Que faire ici?
Près d'un mourant je disais : qu'il demeure,
  Car me voici!

Mais aujourd'hui ma vie est consolée,
  Flamme au saint lieu;
Mon âme errante, à sa rive isolée
  A trouvé Dieu.

J'ai pour mes pas de si vastes campagnes,
  Et des abris;
J'entends le soir mourir dans les montagnes
  De si doux cris!

J'ai tant d'échos attentifs sur mes grèves,
Tant de zéphirs!
J'ai tant de voix qui soulagent mes rêves
Par leurs soupirs!

Oh! oui, mon Dieu! je veux bien vivre encore,
Vivre longtemps,
Verser à flots ce soleil qui colore
Mon beau printemps.

APPEL.

Je souris de bonheur ! la joie est ma couronne,
Je ne dis plus au voile épais qui m'environne,
  Au tombeau dont l'herbe frissonne,
Aux vers : « Vous êtes ma mère et mes sœurs. »
Je parle d'espérance et j'aspire la vie,
Mon âme est une voix forte qui fait envie
  A tous les chants en chœurs.

Je crains de me briser, instrument trop fragile ;
Je voudrais devant moi le chaos immobile,
　　　L'espace, l'immensité...
Dieu... ce souffle de feu qui flotte sur l'abîme,
Dieu... l'Être, Jéhovah, ce nom trois fois sublime,
　　　L'âme, l'éternité !

　　　Et je n'ai qu'une lyre
　　　Que je froisse en ma main,
　　　Et j'entends toujours dire :
　　　Hier, aujourd'hui, demain.
　　　Et je vois une foule
　　　Qui, bruyante, s'écoule
　　　Sous des ombres sans fin ;
　　　Des noms d'orgueil, de gloire
　　　Laissent comme mémoire
　　　Des lambeaux au chemin.

　　　Et je poursuis ma course,
　　　Astre mystérieux,
　　　Et de l'une à l'autre ourse
　　　Je passe dans les cieux,

Comète échevelée,

Longtemps fauve, isolée,

Jetant ses feux épars;

Dans ses flammes nouvelles

Déployant ses deux ailes

Comme deux étendards.

Et j'appelle à grands cris ces parcelles perdues,

Tous ces flambeaux éteints, ces flammes descendues

Qui rampent aux tombeaux,

Qui courent dévorer des restes de ruines,

Qui dévastent sous terre et laissent sans racines

De si puissants rameaux !

Et j'appelle à grands cris ces enfants de lumière,

Qui cherchent le soleil perdu dans la carrière,

Et veulent tous briller;

Qui pâlissent soudain sous les feux de l'aurore,

N'ayant plus sur le front ce rayon qui le dore

Et le fait scintiller.

Et j'appelle, à grands cris, les saints et les prophètes,

Tout ce qui doit en haut porter de nobles têtes,

  Les vierges au cœur pur;

Tout ce parfum d'amour qui se perd dans le temple,

La foi, cet autel d'or que mon âme contemple

  Immobile en l'azur!

L'ANGE.

Le voici, mon ange fidèle
A me visiter chaque nuit;
Le voici qui, de sa blanche aile,
Cache son éclair qui reluit.

Viens donc près de moi, viens, mon frère ;
Viens, car l'insomnie est amère
Quand on sent la fièvre en son lit,
Quand, d'amour, sa lèvre vous presse
Et que sa main froide caresse
Le front qui s'agite et pâlit.

Viens, viens t'asseoir là sur ma couche...
Vois-tu la mort à mon chevet?...
Dis-moi? vois-tu son regard louche,
Son squelette qui se revêt
        D'un suaire?...

Écoute... Oh ! je suis sans frayeur,
J'ai mon espoir dans le Seigneur,
J'ai des gages au sanctuaire,
Je puis pleurer, trembler même parfois ;
J'ai tout auprès tant de cœurs, tant de voix,
    Je puis bien regretter la terre.

        Elle était belle,
        Toutes ses fleurs,

A la saison nouvelle,
S'étalaient sous mes pleurs.

Je savourais un parfum sans mélange,
Tu le sais, ô mon ange !
Tu ne quittes jamais
Mon cœur baigné de sa molle lumière,
Vive prière;
Doux flots de paix.

Je puis bien regretter la vie,
Car, qui l'a plus douce que moi?
Toujours ravie,
D'amour, de foi,
Elle s'élance
Et se balance,
Et l'espérance
Lui dit : Encor!
Et ces lauriers qui décorent sa tête,
Dont elle rit, la folle qui s'entête
D'un seul trésor.

Dis-moi, mon ange, ont-ils un peu de joie,
  Tous ces heureux?
En ce moment leur âme est-elle en proie
  Au songe affreux?

Va leur porter une lueur divine
  De mon sommeil;
Et qu'étonné, leur cœur cherche et devine
  A son réveil.

Dis-leur en rêve une douce pensée,
  Douce d'amour;
Que, sans savoir, leur âme en soit bercée
  Le long du jour.

Point de frayeur, point d'aile flamboyante...
  Mais ton regard
Si doux, tu sais, à la voile ondoyante,
  Quand il fait tard.

Dis-leur ma vie, et ce qui reste en elle
    De sa douleur;
Dis-leur sa foi dans la coupe éternelle
    Et son bonheur.

Je voudrais bien qu'ils pussent me connaître,
    Je leur dirais :
J'ai bien souffert, mais j'ai voulu renaître
    Et je renais.

Voilà tous mes plaisirs comme l'impure lave
    D'un volcan effacé;
Mais chaque jour mon cœur plus sain se lave
    De son passé.

Les pleurs qui m'ont courbé huit ans sur une tombe
    Ont parlé haut pour moi;
Et si, jeune d'amour et d'espoir, je succombe,
    Ce sera sous ma foi.

Ce sera sous le feu divin qui me consume,
        Qui dévore mes jours,
    Qui sur l'autel de l'âme allume
        L'encens toujours;

        L'âme qui s'irrite et crie
Quand autour de sa harpe elle entend d'autres voix;
Quand un front sans éclair trouble le front qui prie
        Le Dieu mort sur la croix.

L'INSOMNIE.

Et l'insomnie est là qui m'abat et m'oppresse,
Et malgré moi, Seigneur, une horrible tristesse
    Vient rire dans mon cœur;
J'étais heureux, heureux d'un rêve si limpide...
Et voilà sur mon front comme une ombre livide
    Qui voile mon bonheur!...

O mon Dieu ! me voici... je me mets sous votre aile ;
Vous savez si pour moi cette aurore nouvelle,
  Pur océan d'amour,
Était le prix ici de ma foi consolée,
Ou le signe qui parle à notre âme exilée
  Avant le dernier jour.

Vous savez si ces pleurs si doux, si ces cantiques,
Ces chants de joie après ces chants mélancoliques,
  Ce transport infini,
N'étaient point cette voix qui n'est plus de la terre,
Qui jette à l'âme pure un cri plein de mystère
  Quand son rôle est fini.

Vous savez, ô Seigneur !... et ma tête inclinée
Se repose sur vous comme une herbe fanée
  Sur un roc verdoyant ;
Et je vois d'un œil faible encor passer des vagues,

Et je saisis encor des voix et des bruits vagues
　　Sur le flot ondoyant.

Je me repose en vous, je vous donne mes larmes,
　　Toutes pour vous, Seigneur!
J'avais bien ici-bas quelques-uns de ces charmes
　　Qui brillent sur le cœur.

J'avais bien un enfant qui faisait mes délices,
　　D'autres amours encor;
Je ne dis pas, oh! non; parmi mes sacrifices,
　　Mon plus riche trésor.

Non, je pleurerais trop, et mon cœur veut sourire,
　　Sourire en vous, mon Dieu!
Non! non! je veux, je veux que mon luth ne soupire
　　Qu'aux échos du saint lieu.

Qu'il entende toujours un hymne de louanges,
Qu'il regarde descendre et remonter des anges

L'INSOMNIE.

Toujours, toujours...
Qu'il voie au ciel d'azur une blanche couronne,
Qu'il sente un souffle frais à l'aile qui frissonne
Sous le soleil des jours.

Et mon âme pressée
De s'envoler, Seigneur,
Oublîra sa pensée
Qui rêve de bonheur.
La fièvre me dévore,
Je ne puis croire encore
Que je doive mourir,
Moi qui pensais dans l'âme,
En sentant cette flamme,
Qu'elle allait me guérir.

Moi, dont l'heure bénie
M'offrait avant le jour
Un cantique d'amour,
De douceur infinie.

Moi qui trouvais, Seigneur,
Un parfum dans mon cœur
Pur comme une prière
Dont ma lyre au matin,
Bénissant son destin,
S'embaumait tout entière.

Oh! je ne savais pas
Que c'était le trépas
Qui me prêtait ce songe,
Et du froid dans mon cœur
Me glace encor d'horreur,
Quand seul ici j'y songe.

Peut-être cependant je ne dois pas mourir.
J'ai tant de sève... et puis, quand il va se tarir,
    Le ruisseau se perd dans le sable;
Et j'ai tant de verdure et de mousse à l'entour,
Tant de fleurs de printemps, tant de parfums d'amour,
    Et ma source est intarissable.

Souvent autour de moi je saisis quelques pleurs ;
Mais j'ai vu, maintes fois, en disant mes douleurs,
    Couler de ces larmes si douces ;
Le silence il est vrai règne ;... mais les désirs
Qui pourraient s'épancher au milieu des soupirs,
    Auraient de trop fortes secousses.

Ils sont gais et nombreux... Ils me disent des mots
Qui jettent, en passant, comme un voile à mes maux,
    Car ils parlent tous de la vie.
Ils paraissent certains des jours qu'ils ont comptés,
Et je n'ai jamais vu leurs regards emportés
    Aux lieux où mon âme est ravie.

    Je sais pourtant qu'il ne faut pas
    Compter trop sur cette apparence,
    Mais ne puis-je encor sur leurs pas
    Cueillir cette fleur d'espérance.
    Ils auront tant de pleurs sur moi...
    Ils n'ont pas tous compris ma foi,

Ni les longs échos de ma lyre,

Mais ils m'aiment tant, et leur cœur

Tremblait souvent, pour mon bonheur,

Du feu de mon ardent délire.

Mon Dieu ! je vous bénis de m'avoir tant aimé !

Je bénis cet encens de m'avoir parfumé

D'amour pur, un jour sur la terre ;

Errant, il trouve au monde hélas ! si peu d'autels !

Et je ne sais pourquoi tous ses feux immortels,

Ont sacré mon front solitaire.

Je cherche d'où me vient tant de bonheur, mon Dieu !

Car la mort qui m'arrache une joie en ce lieu,

M'en offre une autre plus fidèle,...

Et si mon cœur brisé s'agite en ses douleurs,

Si malgré son espoir il sent couler des pleurs,

C'est qu'il n'a pas encor son aile.

LE SOLEIL.

Viens, Soleil !
Viens de tes beaux rayons saluer mon réveil !
Viens sur mon lit funèbre évoquer l'espérance !
Viens colorer mon front pâli par la souffrance.

          Viens, Soleil !

Viens empêcher mes yeux de chercher le sommeil ;
Je t'aime, ô grand reflet d'un astre plus sublime,
Flambeau divin, plongeant jusqu'au fond de l'abîme
          Où mon âme jette un cri sourd
          Qui n'est point entendu du monde ;
          Fleuve sous terre qui gronde,
Source dans l'infini de plus en plus profonde,
          Fardeau toujours plus lourd
Que la main de la mort peut alléger à peine ;
Viens Soleil ! viens calmer ma dévorante haleine.
Je t'aime, astre fécond d'espérance et d'amour !
Verse toute ta vie à ma tête qui penche ;
Viens rougir de tes feux ma couche hélas ! trop blanche,
          Pour mon œil en ce jour !

Je suis heureux, tu sais... J'ai reconnu la vie ;
J'ai béni tout en pleurs, et mon âme assouvie
          A succombé sous ses transports.
J'ai jeté vers le ciel mon âme en un cantique,
Tout a parlé dans moi ; mon luth mélancolique
          S'est tout brisé sous ses accords.

J'ai couru, palpitant, le long de mon rivage,
Chaque flot sur mon bord m'apportait une image
    De bonheur méconnu.
Chacun de mes rochers où frappait la tempête,
Laissait poindre et briller toujours pur sur ma tête
    Un rayon inconnu.

Et je disais à Dieu : Grâce, mon Dieu, la joie
    Est trop forte à mon cœur.
Comme sous un vautour, longtemps il fut en proie,
    Sanglant, à la douleur.

Et vous l'avez soudain délivré ;... mais mon âme
    Se ressent de ses fers.
Elle est meurtrie encore, et sa brûlante flamme
    Fait fondre ses hivers.

Tout s'ébranle à la fois,... trop vivement, peut-être ;
    Mon corps tombe affaibli,
Le vent souffle trop fort, je voudrais de mon hêtre
    Le zéphir amolli.

Le parfum de mes fleurs qui s'exhale à l'aurore,
La vague qui s'éveille au rayon qui la dore,
     L'abeille sur le thym,
Tout ce qui, soupirant, n'a pas de voix encore,
Tous ces germes cachés qui vont ensemble éclore
     Au soleil d'un matin.

LUTH ÉTERNEL.

Je suis heureux !
Comme il s'échappe de mon âme
Des mots nombreux,
Qui ne sont cependant qu'un reflet de ma flamme !
Je suis heureux !

C'est bien peu d'une lyre,

Quelquefois on désire

    La jeter là.

On méprise en son cœur,... et cependant voilà

     Qu'on chante,

    Et la voix est touchante.

    On chante pour pleurer,

Car bien souvent le cœur a besoin de ses larmes;

Et ses sourdes rumeurs, ses muettes alarmes

     Pourraient le dévorer.

Il faut chanter,... il faut avoir une voix belle

    Comme un écho des cieux;

Quelque chose de grand, quelque vive étincelle

    D'un feu prodigieux.

Il faut de beaux transports, point de faible pensée,

    Un accord solennel;

Il faut sentir vibrer, dans sa main affaissée,

    Comme un luth éternel.

Je n'aime pas les vers où je ne vois pas d'âme,
    Ils m'irritent toujours.
Que me font tous ces lacs qui n'ont pas une lame,
    Pas le plus léger cours?

C'est se moquer,... c'est croire qu'on écoute
    Pour entendre un vain son.
Ils ne comprennent pas... J'aime mieux une goutte
    D'un noir poison.

Au moins on sentirait du feu dans la poitrine:
    On saurait que le cœur
Vit,... et ce pâle front, qui sans espoir s'incline,
    Aurait quelque grandeur.

GLOIRE A DIEU.

Ô mon Dieu ! si ma voix perce dans le silence,
Si mon âme au désert sur votre aile s'élance,
    Et jette de grands cris ,
Si les échos troublés vont les redire au monde ,
Comme la mer qui roule une vague profonde
    Sur de vastes débris.

C'est à vous, ô mon Dieu ! que je rends cette gloire.
S'ils posent sur mon front des palmes de victoire,
　　　Je les voue à l'autel.
Je veux, mon Dieu ! je veux, en frappant ma poitrine,
Faire entendre toujours, sur ma harpe divine,
　　　Votre nom immortel.

Qu'ils cherchent ici-bas des hymnes pour la vie !
La vie... elle a trompé mon attente, et j'envie
　　　D'autres biens, d'autres jours ;
Et si, jeune et mourant, je souris sur ma tombe,
De la source des pleurs, avant que je succombe,
　　　J'aurai tari le cours.

　O mon Dieu ! c'est vous seul que j'aime ;
C'est vous mon bonheur sans retour.
　Soyez la flamme même
　De mon ardent amour.
　Que toujours je bénisse,
　Que mon chant ne finisse

Jamais, mon Dieu ! jamais !

Toujours, toujours délire,

Toujours ma sainte lyre,

Toujours mes doux transports, ma douce ivresse... mais

Si ma voix de la foule

Ne perce pas les flots,

Si son bruit la refoule.

Et la change en sanglots ;

S'ils entendent, mes frères,

Des paroles amères

Au lieu de voix d'amour ;

Si pour eux mes cantiques

Pleurent mélancoliques...

Que ferai-je, ô mon Dieu !... que dirai-je ? et le jour

S'efface,

Et l'amour se glace,

Plus d'espoir, plus de foi,

Leur crirai-je du fond de mon cœur solitaire :

« Oh ! n'allez pas briser votre front sur la terre ;

« Venez à moi, frères, à moi ! »

Mais, affaibli de solitude,
Vaincu, mon Dieu, par la douleur,
A peine exempt d'inquiétude,
Aurai-je pu montrer mon cœur?
Ma vie, avant d'être sacrée,
Tomba sanglante et dévorée
Sous la dent du dragon impur;
Elle palpita dans la fange
Avant que les ailes d'un ange
L'emportassent aux champs d'azur.

Eh! que pourrai-je
Pour eux, mon Dieu?
Et qu'entendrai-je
Dans le saint lieu?
Des voix futiles,
Des chants débiles,
Des cris perdus...
Et les prophètes
Parmi leurs fêtes
Tout éperdus...

Au sanctuaire,

Sans nul appel,

Le blanc suaire

Couvre l'autel.

L'orgue muette

Seule répète

Un son le soir...

Je veux entendre,

Je veux comprendre,

Je veux répandre

L'encens d'espoir...

Il tombe en cendre

De l'encensoir.

Oh ! ne vaut-il pas mieux briser sa harpe sainte ?

Quelle bouche, étouffant toute inutile plainte,

Soufflera sur ces os ?

Apparais donc encore, ô sublime prophète !

Viens ! commande à ces morts... car l'âme du poète

Se brise à ces tombeaux.

ABANDON.

Je m'abandonne à vous,
Seigneur, à deux genoux,
Je dirais : Je vous aime !
Si mon corps amaigri
Ne vous montrait en lui
Le sépulcre lui-même.

Je me lasse bientôt,
Si mon front vient trop tôt
S'incliner dans le temple ;
Si j'entends, plus divins,
Les chœurs des séraphins
Que mon âme contemple.

J'ai mon ange ici-bas,
J'aurais suivi ses pas,
J'aurais baisé ses ailes ;
Nous aurions dit tous deux
De beaux chants pour les cieux,
Nos lyres étaient belles.

Mais oublions, mon Dieu...
Pourtant, dans le saint lieu,
Qu'il sera solitaire !...
Vous lui parlerez, vous ;
Et, peut-être plus doux,
Ses pleurs noîront la terre.

Si notre cœur si pur
A ce ruisseau d'azur
S'était penché sans cesse,
Ce doux parfum de miel
N'eût-il pas fait du ciel
Oublier la promesse ?
Nous sommes tous si vains,
Que les amours humains
Trompent comme une aurore
Qui caresse au réveil
Jusqu'à l'heure où, soleil,
Elle brûle et dévore.

PARFUM D'EXIL

O jour de paix, jour d'innocence !
Rayon du ciel sur mon désert !
O sainte foi ! pure espérance,
Amour... âme de mon concert.

Oh ! quel délire !

O douce lyre,

Verse en transports

Tous tes accords !

Mon cœur nage aux sources d'aurore ;

La mer n'est plus assez pour moi ;

Mon aile en feu fond ou dévore

Toute grandeur qui n'est pas toi,

　　Seigneur, mon maître,

　　Fais-moi connaître

　　Toute beauté

　　D'éternité !

Mon âme immense et solitaire

Sent tiéde ici tout feu du jour ;

Si son œil à peine à la terre

Jette un tendre regard d'amour,

　　C'est sa fumée

　　Qui, parfumée,

　　Remonte à vous

　　En flots plus doux.

Si près d'une âme je soupire,
C'est qu'elle souffre comme moi,
C'est qu'un ange semble me dire :
« Son aile a besoin de ta foi;

    « Et ta tristesse
    « En sa tendresse
    « Doit se guérir
    « Et la bénir ! »

Et tous mes pleurs mélancoliques
Sèchent à ce souffle des cieux,
Mon cœur en sublimes cantiques
S'élance tout harmonieux;

    Et l'exilée
    Est consolée,
    Et sans effort
    Gagne le port.

Elle glisse au lac sans orage
En semant sa voix dans les airs,
Et les mille échos du rivage
Répondent tous à ses concerts.

La brise aimée,

Plus embaumée,

Parle d'espoir

Avec le soir.

Le voile léger du silence

Tombe au lac immobile et pur.

Et nul calice ne balance

Sa corolle au miroir d'azur.

Là tout repose...

Nulle voix n'ose

D'un faible bruit

Troubler la nuit.

Et l'âme alors soupire et prie ;

Heureuse, elle attend du bonheur,

Et sa paupière est attendrie

En s'élevant vers vous, Seigneur !

Elle est le temple

Où l'on contemple

L'autel paré

Du feu sacré.

Elle est le flambeau que consume .

Le cloître si mystérieux;

Elle est l'encens vif qui s'allume

A la flamme tombant des cieux.

  Loin de l'orage

  Elle est l'image

  D'un beau soleil

  Au jour vermeil.

Écoutez, écoutez encore....

Peut-être est-elle aussi pour vous

La voix d'espérance sonore

Qui manque à votre âme à genoux?

  Son aile blanche

  Pour vous se penche,

  Confiez-lui

  Tout votre ennui.

Prêtez votre âme à sa prière,

Laissez-la s'envoler vers Dieu,

Et couronnée à sa lumière,

Venez la reprendre au saint lieu.

Là, tout s'oublie...
Et recueillie
La voix du cœur
Redit : Seigneur !

RÉSIGNATION.

Je vous aime, ô mon Dieu ! je vous donne ma vie ;
Elle a souffert longtemps... mais vous l'avez ravie.
Je n'ai point réparé tout le mal que j'ai fait ;
Je voudrais quelques jours pour vous bénir encore ;
Mais si, bien jeune, hélas ! le tombeau me dévore,
C'est peut-être, ô mon Dieu ! votre plus grand bienfait.

Si mon cœur a souillé sa robe éblouissante,
O mon Dieu ! votre main est forte et caressante
       Aux pleurs du repentir ;
Vous m'avez vu pleurer, mon Dieu ! car ma tristesse
N'était que le remords qui combat et qui blesse
       L'homme au nouveau désir.

Et votre grâce enfin a triomphé !... mon âme,
Je l'espère, ô mon Dieu ! peut s'unir à la flamme
       Qui brûle à votre autel ;
Je n'irai point, rêveur d'une gloire inféconde,
Sacrifier, Seigneur, aux lauriers de ce monde
       Mon laurier immortel.

Non ! je ne nourris point une haute pensée,
Et ma lyre, ô mon Dieu ! devant vous abaissée,
       Rougit de ses accords ;
Car, obscure, elle sait que sa corde est stérile,
Et que sans vous sa voix, à jamais inutile,
       N'aurait aucuns transports.

Et je chante toûjours, car mon âme est fidelle
A jeter en rayons la légère étincelle
  Qui s'échappe des cieux.
Nul miroir ici-bas, nulle source limpide
Ne renvoie en éclair plus pur et plus rapide
  Tout disque radieux.

Et je m'endors en paix,... je n'ai plus nulle crainte.
Si d'une main de fer ma vie hélas! étreinte,
  S'entend comme railler;
Si mon front, qui n'a pas de cheveux blancs encore,
Doit sous l'aube étouffante errer comme une aurore
  Qui ne peut pas briller.

Qu'importe? le Seigneur pèse ma destinée...
Peut-être il ne veut pas de ma tige fanée,
  Ces fugitifs parfums;
Il se plaît à lever un poignard sur ma rose,
Et me voyant sourire, il dit : « Voyons s'il ose
  « Parer ses cheveux bruns. »

Et je souris encor,... car mon âme est tranquille,
Que je vive ou je meure,... oh ! j'aurai mon asile
    Dans le sein paternel.
La terre est un exil où toute âme est flétrie,
Et je n'oublirai pas les biens de la patrie
    Pour un rayon de miel.

LA MORT.

Il est beau de mourir jeune et plein d'espérance !
Il est beau de mourir quand, ardent on s'élance
    A l'encontre des jours,
Quand on se sent dans l'âme un Océan de vie
Qui pourrait engloutir, sans en être assouvie,
    Tout un monde en son cours !

Il est beau de mourir, quand une âme aussi pure
Que le souffle du ciel, verse sur la blessure
    Tous ses parfums d'amour,
Qu'elle semble avec Dieu faire un juste partage;
Qu'elle tremble parfois de donner chaque gage
    Plus souvent qu'à son tour !

Il est beau de mourir quand la vie est heureuse,
Qu'elle offre au cœur aimé, d'une main amoureuse,
    Toutes ses fleurs pour don ;
Quand le front couronné rayonne de ses charmes,
Quand on sent à ses yeux couler de douces larmes,
    Et qu'on a son pardon !

Oh ! l'homme est grand alors, étendu sur sa couche.
Nulle voix d'ici-bas ne remonte et ne touche
    Ce regard de géant.
Il plane dans l'espace,... il embrasse les mondes,
A peine s'il entend gronder sourdes, profondes,
    Les vagues du néant.

Il ne voit que vous seul, ô mon Dieu ! son seul maître,

Ses amis, à l'entour, s'il les peut reconnaître,

    C'est dans leur âme en eux.

Il leur jette un reflet de sa flamme céleste,

Il les appelle aussi dans la mort,... et le reste

    Se dissipe à ses yeux.

LE VOL DE L'AME.

O bonheur !
Espérance !
O mon cœur !
O Seigneur !

O Silence !
Tout s'élance !
Tout est doux !
Tout est vous !

O délire !
O ma lyre,
Qu'entends-tu ?
Tout s'est tu...
Et mon âme
Est la flamme,
Et mes sens
Sont l'encens.

Et le monde
Est une onde.
Son bonheur
Une erreur.
Gloire et race,
Tout s'efface...
Les lauriers
Les premiers.

Et ma vie
Est ravie
Dans les cieux
Radieux;
Et l'aurore
Qui la dore,
Ouvre un jour
Plein d'amour.

Et je chante,
Et j'enchante
De ma voix
Tous mes bois,
Le rivage,
Le feuillage
Et la plage
A la fois.

Et mon ombre
N'est plus sombre,
Et ma nuit
Tout s'enfuit;

Et l'étoile
A ma voile
Prête en paix
Ses reflets.

Et mon âme au Seigneur s'élève sur ses ailes ;
Elle plane, et son front lance des étincelles.
Et de son souffle ardent balayant les soleils,
Elle avance toujours dans l'espace sans borne ;
D'une auréole d'or triomphante elle s'orne...
Elle passe au-delà des océans vermeils,
Des cratères fumant de foudres et d'orages ,
Elle entend les rumeurs de ces lointains rivages,
Les bruits sourds du chaos d'où découlent les jours,
Les vastes ateliers où s'ébauchent les mondes,
Et dans ces mers du ciel, de plus en plus profondes,
Dans sa fuite au Seigneur elle avance toujours...

Et la terre ici-bas se fond sous sa pensée,
Que peut-elle, ô mon Dieu?
Toute fleur qui s'élève est soudain affaissée
Sous son aile de feu.

Et les déserts, les mers, les vents et la tempête
  Sont trop faibles pour moi...
Qn'ils viennent essayer de briser sur ma tête
  Ma couronne de foi!...

Qu'il vienne le néant de ses sombres abîmes
  Planer sur mon cercueil!
Qu'il ose devant moi parler de ses victimes,
  Et sourire d'orgueil!

Oh! je n'ai pas de voix, mais je sens battre une âme.,.
  Indomptable océan...
Et la digue se brise, .. et la voici la lame...
  Attends donc, ô néant!

Et des pleurs dévorants roulent de ma paupière,
  Homme ici-bas, mortel,
Quand donc secoûras-tu ton indigne poussière?
  Quand ton jour éternel?

TABLE

—

LIVRE PREMIER. — DIVINITÉ.

LIVRE SECOND. — HUMANITÉ.

LIVRE TROISIÈME. — ÉTERNITÉ.

FIN DE LA TABLE.